Sterben lernen mit Humor

Autor: Mark Zimmermann

Sterben lernen

mit Humor

Autor: Mark Zimmermann

Bibliografische Information der Deutschen Nationalbibliothek:

Die Deutsche Nationalbibliothek verzeichnet diese Publikation in der Deutschen Nationalbibliografie. Detaillierte bibliografische Daten sind im Internet über http://dnb.dnb.de abrufbar.

Verlag:
BoD · Books on Demand GmbH, Überseering 33, 22297 Hamburg, bod@bod.de

Druck:
Libri Plureos GmbH, Friedensallee 273, 22763 Hamburg

ISBN: 978-3-8192-8180-8

Prolog: Die Wissenschaft der Angst

Ich habe Angst vor dem Tod.

Diese Erkenntnis traf mich nicht wie ein Blitz aus heiterem Himmel. Sie schlich sich in mein Leben, wie ein ungebetener Gast, der zunächst nur kurz vorbeischaut und dann beschließt zu bleiben. Erst waren es nur flüchtige Gedanken in schlaflosen Nächten, dann wurden sie zu beharrlichen Begleitern. Irgendwann musste ich mir eingestehen: Ich fürchte mich vor dem Ende. Vor dem Nichts. Vor dem Unbekannten.

Und so begann ich, dieses Buch zu schreiben. Als Selbsttherapie. Als Versuch, das zu verstehen, was wir alle fürchten und doch nicht vermeiden können. Denn der Tod ist, wie Steve Jobs es einmal ausdrückte, "sehr wahrscheinlich die beste Erfindung des Lebens. Er ist der Motor des Wandels. Er beseitigt das Alte und schafft Raum für das Neue."

Der Tod ist kein Moment, sondern ein Prozess. Diese Erkenntnis stammt nicht aus spirituellen Texten, sondern aus der modernen Medizin. Wenn das Herz aufhört zu schlagen, beginnt eine Kaskade von Ereignissen. Zunächst tritt der klinische Tod ein – Herzschlag und Atmung setzen aus. Das Gehirn kann etwa drei bis fünf Minuten ohne Sauerstoff überleben, das Herz bis zu einer halben Stunde. Wird der Herzschlag nicht wiederhergestellt, folgt der biologische Tod, bei dem die Zellen nach und nach absterben.

Medizinisch betrachtet gibt es verschiedene Definitionen des Todes: den klinischen Tod (Herzstillstand), den Hirntod (irreversibles Erlöschen der Gesamtfunktion des Großhirns, des Kleinhirns und des Hirnstamms) und den informationstheoretischen Tod – ein Zustand, in dem selbst mit zukünftigen Technologien keine Wiederherstellung der Person mehr möglich wäre.

Warum müssen wir überhaupt sterben? Die Biologie gibt uns eine nüchterne Antwort: Der programmierte Zelltod ist ein wesentlicher Mechanismus des Lebens. An den Enden unserer Chromosomen befinden sich Telomere, eine Art Schutzkappe. Bei jeder Zellteilung werden diese Telomere kürzer, bis sie schließlich so kurz sind, dass keine Teilung mehr stattfinden kann. Biologisch gesehen kann der menschliche Körper maximal etwa 120 Jahre funktionieren.

Und was geschieht in den letzten Momenten? Hier wird es besonders interessant. Forschende der University of Michigan Medicine School haben bei sterbenden Menschen eine erhöhte

Hirnaktivität festgestellt – insbesondere einen Anstieg von Gammawellen. Diese Wellen treten normalerweise bei starker geistiger Anstrengung, Meditation oder erhöhter Aufmerksamkeit auf. Die Wissenschaftler vermuten, dass diese gesteigerte Aktivität die intensiven visuellen Eindrücke erklären könnte, von denen Menschen nach Nahtoderfahrungen berichten.

Das helle Licht am Ende eines Tunnels, das Gefühl, über dem eigenen Körper zu schweben, das Vorbeiziehen des eigenen Lebens wie in einem Film – diese Erlebnisse werden von vielen Menschen unabhängig von ihrer kulturellen oder religiösen Prägung beschrieben. Ein Sauerstoffmangel im Gehirn führt zu Gammawellen-Schüben, die möglicherweise diese intensiven Erfahrungen auslösen.

Doch was bedeutet das alles? Nimmt es dem Tod seinen Schrecken oder verstärkt es ihn? Ist es tröstlich zu wissen, dass unsere letzten Momente von intensiven, möglicherweise sogar angenehmen Erfahrungen geprägt sein könnten? Oder ist es beunruhigend, dass selbst unsere tiefsten spirituellen Erlebnisse auf neurologische Prozesse reduziert werden können?

Ich habe keine endgültigen Antworten gefunden. Aber ich habe gelernt, dass die Wissenschaft des Todes faszinierend ist und dass das Wissen darüber mir geholfen hat, meine eigene Angst besser zu verstehen. Vielleicht kann es auch dir helfen.

Dieses Buch ist mein Versuch, die Angst vor dem Tod mit Humor zu nehmen, ohne ihr den Ernst zu nehmen. Es ist eine Geschichte über einen Mann, der wie ich lernen muss, mit seiner Sterblichkeit zu leben. Es ist eine Reise durch die Wissenschaft, die Philosophie und die menschliche Erfahrung des Todes – erzählt mit einem Augenzwinkern, aber auf der Grundlage echter Forschung.

Denn manchmal ist Lachen die beste Medizin gegen die Angst. Selbst gegen die Angst vor dem Ende.

Quellen:
- Deutsche Welle: "Fünf Fakten über den Tod", 19.04.2019

- Tomorrow Bio: "10 Fakten über den Tod", 26.08.2022

- National Geographic: "Nahtoderfahrung: Was passiert im Gehirn, wenn wir sterben?", 10.05.2023

Der Joghurt des Schicksals

Sven Zimmermann erwachte an diesem Dienstagmorgen mit einem seltsamen Gefühl in der Magengegend. Es war nicht das übliche Magengrummeln nach zu scharfem Thai-Curry. Nein, dieses Gefühl war anders. Diffuser. Beunruhigender.

Es fühlte sich an wie... Vorahnung.

Sven setzte sich auf und rieb sich die Augen. Die Digitalanzeige seines Weckers zeigte 6:28 Uhr. Zwei Minuten vor dem Klingeln. Wie immer. Sein Körper hatte einen so präzisen inneren Wecker, dass er die elektronische Variante eigentlich gar nicht brauchte. Trotzdem stellte er jeden Abend gewissenhaft den Alarm. Man konnte nie wissen.

Er schaltete den Wecker aus, bevor er klingeln konnte, und schwang die Beine über die Bettkante. Seine Füße fanden wie automatisch die Hausschuhe, die er jeden Abend exakt 24,5

Zentimeter vom Bett entfernt platzierte. Nicht zu nah, nicht zu weit.

"Guten Morgen, Sven ", sagte er zu sich selbst, wie er es jeden Morgen tat. Eine kleine Routine, um den Tag zu beginnen. Um sich zu vergewissern, dass er noch da war. Noch lebte.

Aber heute klang seine Stimme anders in seinen Ohren. Brüchiger. Als wäre sie bereits dabei, sich aufzulösen.

Er schüttelte den Kopf, um die seltsamen Gedanken zu vertreiben, und ging ins Badezimmer. Dort folgte er seinem morgendlichen Ritual mit der Präzision eines Schweizer Uhrwerks: Zähneputzen (exakt drei Minuten, gemessen mit der Sanduhr), Gesicht waschen, Haare kämmen.

Als er in den Spiegel blickte, erschrak er. War das ein neuer grauer Strang in seinem Haar? Und diese Falte neben dem linken Auge – war die gestern auch schon da gewesen? Seine Haut wirkte fahl im Licht der Energiesparlampe.

"Du bildest dir das ein", murmelte er. "Statistisch gesehen altert man nicht über Nacht um fünf Jahre."

Aber das seltsame Gefühl in seinem Magen wollte nicht weichen. Es hatte sich ausgebreitet, war in seine Brust gekrochen und drückte nun gegen sein Herz.

Sven zog seinen Bademantel an – marineblau, Baumwolle, seit sieben Jahren derselbe – und ging in die Küche. Kaffee. Kaffee würde helfen. Kaffee half immer. Die Wissenschaft hatte bewiesen, dass Koffein die Ausschüttung von Dopamin förderte, was wiederum das Wohlbefinden steigerte.

Während die Kaffeemaschine vor sich hin blubberte, öffnete Sven den Kühlschrank. Joghurt. Naturjoghurt mit einem Schuss selbstgemachtem Himbeersirup und einer Handvoll Granola – sein Frühstück seit über einem Jahrzehnt. Verlässlich. Berechenbar. Sicher.

Er griff nach dem Joghurtbecher im obersten Fach, aber seine Finger waren heute ungeschickt, zittrig. Der Becher rutschte, kippte, fiel.

Zeit dehnte sich. Sven beobachtete, wie der weiße Plastikbecher in Zeitlupe durch die Luft segelte, sich einmal um die eigene Achse drehte und dann – mit einem dumpfen Geräusch – auf seinem rechten Fuß landete.

Schmerz schoss durch seinen Zeh. Der Deckel des Bechers war abgesprungen, und ein kleiner Klecks Joghurt hatte sich auf seinem Hausschuh verteilt.

Und in diesem Moment wusste Sven es mit absoluter Gewissheit: Er würde heute sterben.

Es war nicht der Schmerz, der ihn zu dieser Erkenntnis brachte. Es war nicht einmal der ruinierte Hausschuh. Es war die statistische Anomalie des Ereignisses. In all den Jahren, in denen er Joghurt zum Frühstück aß, war ihm nie – nicht ein einziges Mal – der Becher heruntergefallen. Die Wahrscheinlichkeit, dass dies an einem völlig gewöhnlichen Dienstagmorgen geschah, war verschwindend gering. Es musste ein Zeichen sein.

"Das ist lächerlich", sagte Sven laut zu seinem Kühlschrank. "Zeichen gibt es nicht. Das ist abergläubisches Denken ohne jede wissenschaftliche Grundlage."

Der Kühlschrank antwortete nicht, aber Sven hatte das Gefühl, dass er ihn skeptisch anstarrte, mit seinem weißen, rechteckigen Gesicht und dem Griff, der wie ein missbilligend verzogener Mund wirkte.

"Ich meine es ernst", fuhr Sven fort, während er sich bückte, um den Joghurtbecher aufzuheben. "Die Tatsache, dass mir der Joghurt auf den Fuß gefallen ist, hat keinerlei prädiktiven Wert für meine Lebenserwartung."

Aber selbst während er diese Worte aussprach, spürte er, wie sein Herz schneller schlug. Sein Atem wurde flacher. Seine Handflächen begannen zu schwitzen.

Panik. Das war Panik. Sven kannte die Symptome. Erhöhte Herzfrequenz, Hyperventilation, Schwitzen, das Gefühl drohender Gefahr – alles klassische Anzeichen.

"Atme", sagte er zu sich selbst. "Atme langsam. Vier Sekunden einatmen, sieben Sekunden halten, acht Sekunden ausatmen."

Er lehnte sich gegen die Küchentheke und versuchte, seinen Atem zu kontrollieren. Aber die Gedanken rasten weiter. Was, wenn der fallende Joghurt tatsächlich ein Vorbote war? Was, wenn sein Körper bereits wusste, was sein Bewusstsein noch nicht akzeptieren wollte?

Es gab Studien über Tiere, die Naturkatastrophen vorhersagen konnten. Vielleicht hatte sein Unterbewusstsein etwas wahrgenommen, das sein rationales Denken noch nicht erfasst hatte.

Unsinn", murmelte er. "Völliger Unsinn

Aber das Gefühl wollte nicht weichen. Es hatte sich in ihm festgesetzt wie ein Parasit, der sich von seinen Ängsten nährte.

Sven blickte auf die Uhr an der Küchenwand. 6:47 Uhr. In genau 43 Minuten musste er das Haus verlassen, um pünktlich im Büro zu sein. Er sollte duschen, sich anziehen, frühstücken. Sein normaler Morgen. Sein normales Leben.

Aber nichts fühlte sich normal an. Nicht heute.

Mit zitternden Händen griff er nach seinem Smartphone, das auf der Küchentheke lag. Er öffnete den Browser und tippte: "Vorahnungen Tod wissenschaftlich belegt".

Die Suchergebnisse luden. Sven starrte auf den Bildschirm, während sein Herz immer schneller schlug. Der erste Artikel trug den Titel: "Nahtoderfahrungen: Was die Wissenschaft wirklich weiß". Der zweite: "Können wir unseren Tod vorhersehen? Die Psychologie der Vorahnung."

Sven klickte auf den zweiten Link und begann zu lesen. Der Artikel sprach von "terminaler Luzidität" – einem Phänomen, bei dem Menschen kurz vor ihrem Tod eine ungewöhnliche geistige Klarheit erlangen. Von "Todesahnungen", die in verschiedenen Kulturen dokumentiert wurden. Von statistischen Anomalien, die sich häufen, wenn große Veränderungen bevorstehen.

Statistik. Das war Bens Gebiet. Als Aktuar bei der Mitteldeutschen Lebensversicherung verbrachte er seine Tage damit, Risiken zu berechnen, Wahrscheinlichkeiten zu analysieren, Muster zu erkennen. Er wusste, dass Zufälle selten wirklich zufällig waren. Dass hinter scheinbar unzusammenhängenden Ereignissen oft eine verborgene Ordnung lag.

Was, wenn der fallende Joghurt Teil eines solchen Musters war?

Sven spürte, wie sich seine Brust zusammenzog. Die Küche schien zu schrumpfen, die Wände rückten näher. Er musste hier raus. Musste frische Luft atmen.

Mit einem Ruck stieß er sich von der Küchentheke ab und stolperte ins Wohnzimmer. Dort sank er auf sein Sofa – grau, Mikrofaser, ergonomisch geformt – und starrte aus dem Fenster. Die Morgensonne warf lange Schatten auf den Asphalt der Straße. Ein Nachbarskind radelte vorbei, auf dem Weg zur Schule. Eine Frau ging mit ihrem Hund spazieren. Normale Menschen an einem normalen Morgen.

Nur für Sven war nichts mehr normal. Nicht seit dem Joghurt des Schicksals.

Er wusste, dass er sich zusammenreißen musste. Dass er rational denken musste. Er war schließlich Wissenschaftler. Nun ja, zumindest hatte er Statistik studiert, was nahe genug dran war. Er glaubte an Fakten, an Zahlen, an beweisbare Theorien. Nicht an Vorahnungen und fallende Joghurtbecher.

Aber was, wenn die Wissenschaft nicht alles erklären konnte? Was, wenn es Dinge gab, die jenseits der messbaren Realität lagen?

Sven schüttelte den Kopf. Nein. So durfte er nicht denken. Das war der Weg in den Wahnsinn. In die Irrationalität. Er musste methodisch vorgehen. Systematisch. Wie bei jedem anderen Problem auch.

Wenn er tatsächlich heute sterben würde – eine Hypothese, die er nur zu Forschungszwecken in Betracht zog, versteht sich – dann gab es dafür eine Ursache. Eine medizinische, physikalische oder anderweitig erklärbare Ursache. Keine mystischen Zeichen. Keine kosmischen Botschaften via Milchprodukt.

Sven atmete tief durch und stand auf. Er würde duschen. Sich anziehen. Zur Arbeit gehen. Und wenn er sich immer noch seltsam fühlte, würde er in der Mittagspause einen Termin bei Dr. Weiß machen, seiner Hausärztin. Sie würde ihm sagen, dass alles in Ordnung war. Dass er nicht starb. Dass der fallende Joghurt nichts bedeutete.

Aber als er unter der Dusche stand, das heiße Wasser auf seiner Haut, konnte er nicht anders, als zu denken: Was, wenn dies meine letzte Dusche ist? Mein letzter Dienstag? Mein letzter Tag?

Und zum ersten Mal in seinem Leben fragte sich Sven Zimmermann, ob er bereit war zu sterben. Ob er mit dem, was er bisher erreicht hatte, zufrieden sein konnte. Ob er überhaupt gelebt hatte – oder nur existiert.

Der Gedanke erschreckte ihn mehr als die Vorstellung des Todes selbst.

Dr. Google und
Mr. Angst

Sven Zimmermann saß an seinem Schreibtisch und starrte auf den Bildschirm seines Laptops. Die Zahlen und Tabellen der Lebensversicherungsstatistiken, mit denen er normalerweise seinen Arbeitstag verbrachte, waren heute nur ein verschwommener Hintergrund für die wirklich wichtigen Dinge, die er recherchieren musste.

Seine Finger tippten hektisch auf der Tastatur: "Plötzliches Unwohlsein + Vorahnung + Todesangst".

Die Suchmaschine spuckte in 0,47 Sekunden etwa 187.000 Ergebnisse aus. Sven klickte auf den ersten Link: "Panikattacken – Wenn die Angst übermächtig wird". Er überflog den Text, während sein Herzschlag sich beschleunigte.

"Typische Symptome einer Panikattacke sind Herzrasen, Schweißausbrüche, Zittern, Atemnot, Schwindel, Übelkeit,

Brustschmerzen, Erstickungsgefühle und die Angst, die Kontrolle zu verlieren oder zu sterben."

Sven schluckte. Herzrasen? Check. Schweißausbrüche? Seine Handflächen waren feucht. Check. Zittern? Er blickte auf seine Hände. Definitiv. Check.

"Ich habe eine Panikattacke", murmelte er. "Nur eine Panikattacke."

Das war beruhigend. Panikattacken waren unangenehm, aber nicht tödlich. Laut dem Artikel vergingen sie in der Regel nach 20 bis 30 Minuten von selbst. Sven blickte auf die Uhr. Sein seltsames Gefühl hatte vor etwa zwei Stunden begonnen. Das passte nicht.

Die Spirale der Selbstdiagnose

Er löschte die Suchanfrage und tippte neu: "Anhaltende Panikattacke + Todesvorahnung".

Diesmal führte ihn die Suche zu einem Forum für Angststörungen. Ein Nutzer namens "AngstHase42" beschrieb Symptome, die Bens erschreckend ähnlich waren. Die Antworten waren weniger beruhigend: "Klingt nach einer generalisierten Angststörung", "Könnte auch eine Herzrhythmusstörung sein", "Lass unbedingt deine Schilddrüsenwerte checken".

Schilddrüse? Sven hatte nie über seine Schilddrüse nachgedacht. Er öffnete einen neuen Tab und suchte nach "Schilddrüsenüberfunktion Symptome".

Die Liste war beeindruckend: Nervosität, Reizbarkeit, Schlafstörungen, Gewichtsverlust trotz gesteigertem Appetit, Hitzeintoleranz, vermehrtes Schwitzen, Herzrasen, Zittern der Hände.

"Meine Hände zittern", flüsterte Sven und hielt sie vor sein Gesicht, um sie genauer zu betrachten. Tatsächlich, da war ein leichtes Zittern. Und hatte er in letzter Zeit nicht auch schlecht geschlafen? Und war ihm nicht öfter warm gewesen als sonst?

Er klickte weiter und las, dass eine unbehandelte Schilddrüsenüberfunktion zu einer thyreotoxischen Krise führen konnte – einem lebensbedrohlichen Zustand mit hohem Fieber, extremem Herzrasen und sogar Bewusstlosigkeit.

"Oh Gott", murmelte Sven und fühlte seine Stirn. War sie warm? Wärmer als normal? Was war überhaupt normal?

Er öffnete einen weiteren Tab und suchte nach "normale Körpertemperatur Stirn". Während die Seite lud, bemerkte er ein leichtes Stechen in seiner Brust.

Brustschmerzen. Das war neu.

Mit zitternden Fingern löschte er die Suchanfrage und tippte: "Brustschmerzen Ursachen".

Die Ergebnisse waren ein Albtraum: Herzinfarkt, Lungenembolie, Aortendissektion, Pneumothorax, Perikarditis...

Sven klickte auf "Herzinfarkt Symptome" und las: "Typische Anzeichen eines Herzinfarkts sind Schmerzen oder ein Druckgefühl in der Brust, die in den linken Arm, den Kiefer, den Rücken oder den Oberbauch ausstrahlen können. Begleitet werden diese Symptome oft von Atemnot, Übelkeit, kaltem Schweiß und Todesangst."

Todesangst. Da war es wieder. Das Gefühl, das ihn seit dem Vorfall mit dem Joghurt nicht mehr losgelassen hatte.

Sven lehnte sich zurück und versuchte, tief durchzuatmen. Seine Brust fühlte sich eng an. War das Atemnot? Oder bildete er sich das nur ein, weil er gerade darüber gelesen hatte?

Er wusste, dass er rational bleiben musste. Als Statistiker war er mit dem Konzept der Wahrscheinlichkeit vertraut. Die Wahrscheinlichkeit, dass ein 42-jähriger Mann ohne Vorerkrankungen oder familiäre Belastung einen Herzinfarkt erlitt, war verschwindend gering. Andererseits geschahen unwahrscheinliche Dinge ständig. Das war das Paradoxe an der Statistik: Im Einzelfall bedeutete eine geringe Wahrscheinlichkeit nichts.

Die Angst wuchs mit jedem Klick. Sven öffnete einen neuen Tab und suchte nach "Herzinfarkt Überlebenschancen".

"Bei sofortiger medizinischer Versorgung liegt die Überlebensrate bei einem Herzinfarkt bei etwa 90 Prozent", las er. Das klang gut. Aber was, wenn er keinen sofortigen Zugang zu medizinischer Versorgung hatte? Was, wenn er allein in seiner Wohnung einen Herzinfarkt erlitt?

Er suchte weiter: "Allein zu Hause Herzinfarkt was tun".

Die Antworten waren nicht beruhigend. "Rufen Sie sofort den Notarzt", "Nehmen Sie eine Aspirin-Tablette", "Setzen oder legen Sie sich hin und warten Sie auf Hilfe".

Sven hatte keine Aspirin zu Hause. Er hatte nie daran gedacht, eine Hausapotheke anzulegen. Ein schwerwiegender Fehler, wie ihm jetzt klar wurde.

Er öffnete einen weiteren Tab und suchte nach "Hausapotheke Grundausstattung". Die Liste war lang: Schmerz- und Fiebermittel, Mittel gegen Durchfall und Erbrechen, Elektrolytlösungen, Wunddesinfektionsmittel, Verbandsmaterial, Fieberthermometer, Pinzette, Schere...

Sven machte sich Notizen. Er würde in der Mittagspause zur Apotheke gehen und alles besorgen. Aber was, wenn er es nicht bis zur Mittagspause schaffte?

Er suchte weiter: "Wie lange dauert es bis zum Tod bei unbehandeltem Herzinfarkt?"

Die Antworten waren erschreckend. "Die meisten Todesfälle durch Herzinfarkt ereignen sich in den ersten Stunden", las er. "Etwa 40 bis 65 Prozent der Todesfälle treten in der ersten Stunde nach Symptombeginn auf."

Sven blickte auf die Uhr. Sein Bruststechen hatte vor etwa fünf Minuten begonnen. Wenn es tatsächlich ein Herzinfarkt war, hatte er noch... er rechnete schnell... etwa 55 Minuten, um Hilfe zu bekommen.

Aber war es wirklich ein Herzinfarkt? Das Stechen war nicht besonders stark. Eher ein gelegentliches Ziehen. Vielleicht war es nur ein Muskelkrampf. Oder Sodbrennen. Hatte er nicht gestern Abend scharf gegessen?

Er suchte nach "Sodbrennen oder Herzinfarkt unterscheiden".

"Sodbrennen verursacht in der Regel ein brennendes Gefühl hinter dem Brustbein, das sich bei Bewegung nicht verschlimmert. Herzinfarktschmerzen hingegen sind oft drückend oder einschnürend und können sich bei körperlicher Anstrengung verstärken."

Sven stand auf und ging ein paar Schritte in seinem Büro auf und ab. Das Stechen in seiner Brust veränderte sich nicht. Das war gut. Oder?

Er setzte sich wieder und suchte nach "Panikattacke oder Herzinfarkt unterscheiden".

"Panikattacken können Symptome verursachen, die einem Herzinfarkt ähneln, wie Brustschmerzen, Atemnot und Herz-rasen. Im Gegensatz zum Herzinfarkt treten diese Symptome bei einer Panikattacke jedoch plötzlich auf und erreichen in-nerhalb von Minuten ihren Höhepunkt."

Das passte nicht zu seinem Erleben. Seine Symptome hatten sich langsam entwickelt, über Stunden hinweg.

Sven spürte, wie sein Herzschlag sich weiter beschleunigte. Er öffnete einen neuen Tab und suchte nach "normale Herzfre-quenz". Laut der ersten Quelle lag die normale Ruheherzfre-quenz bei Erwachsenen zwischen 60 und 100 Schlägen pro Mi-nute.

Er legte die Finger an sein Handgelenk und zählte. Eins, zwei, drei... In 15 Sekunden zählte er 28 Schläge. Mal vier... 112 Schläge pro Minute. Das war zu hoch.

Neue Suche: "Erhöhte Herzfrequenz Ursachen".

Die Liste war endlos: Stress, Angst, körperliche Anstrengung, Fieber, Anämie, Schilddrüsenüberfunktion (da war sie wieder!), Herzrhythmusstörungen, Herzinsuffizienz, Lungenembolie...

Sven klickte auf "Lungenembolie Symptome" und las: "Eine Lungenembolie tritt auf, wenn ein Blutgerinnsel eine Lungenarterie blockiert. Zu den Symptomen gehören plötzliche Atemnot, Brustschmerzen, die sich beim Atmen verschlimmern, Husten (manchmal mit Blut), schneller oder unregelmäßiger Herzschlag, Schwindel und Angstzustände."

Angstzustände. Natürlich. Aber was, wenn die Angst nicht die Ursache, sondern ein Symptom war? Was, wenn sein Körper versuchte, ihm etwas mitzuteilen?

Die Wissenschaft der Körperwahrnehmung

Sven suchte weiter: "Körper spürt Krankheit vor Diagnose".

Er stieß auf einen Artikel über Interozeption – die Fähigkeit des Körpers, innere Signale wahrzunehmen. "Manche Menschen haben eine besonders ausgeprägte Interozeption und können subtile Veränderungen in ihrem Körper wahrnehmen, bevor diese klinisch relevant werden", las er. "Dies kann dazu führen, dass sie Krankheiten 'spüren', bevor diese diagnostiziert werden."

Das war es! Er hatte eine ausgeprägte Interozeption. Sein Körper hatte die Krankheit bereits erkannt, bevor sie sich vollständig manifestierte. Der fallende Joghurt war kein Zufall gewesen – es war sein Unterbewusstsein, das die Kontrolle verlor, weil es wusste, was kommen würde.

Aber was genau kam auf ihn zu? Welche Krankheit hatte sein Körper erkannt?

Sven öffnete einen neuen Tab und tippte: "Plötzlicher Tod Ursachen".

Die Ergebnisse waren ein Horrorfilm in Textform: Herzinfarkt, Schlaganfall, Aortenruptur, Lungenembolie, Hirnblutung, plötzlicher Herztod...

Plötzlicher Herztod. Das klang beunruhigend spezifisch.

Er klickte auf den Link und las: "Der plötzliche Herztod tritt ohne Vorwarnung auf und führt innerhalb von Minuten zum Tod. Die häufigste Ursache ist eine Herzrhythmusstörung, die das Herz daran hindert, effektiv Blut zu pumpen."

Ohne Vorwarnung? Das passte nicht. Er hatte Vorwarnungen. Viele sogar.

Sven lehnte sich zurück und rieb sich die Augen. Sein Bildschirm war mittlerweile mit über zwanzig geöffneten Tabs übersät, jeder mit einer anderen potenziell tödlichen Erkrankung.

Er wusste, dass er sich in eine Spirale begeben hatte. Eine Spirale aus Angst und Informationsüberflutung. Irgendwo hatte er den Begriff "Cyberchondrie" gelesen – eine moderne Form der Hypochondrie, bei der übermäßiges Googeln von Symptomen zu Angstzuständen führt.

War er ein Cyberchonder? Bildete er sich alles nur ein?

Aber der Joghurt. Der verdammte Joghurt. Das war real gewesen.

Der Wendepunkt kam unerwartet. Sven schloss alle Tabs bis auf einen: "Hausärzte in der Nähe". Er musste professionelle Hilfe suchen. Dr. Weiß würde ihn beruhigen können. Oder ihm sagen, dass er tatsächlich im Sterben lag. So oder so, er brauchte Gewissheit.

Er wählte die Nummer der Praxis und wartete. Nach dem dritten Klingeln meldete sich eine Frauenstimme: "Praxis Dr. Weiß, Sie sprechen mit Schwester Claudia."

"Guten Morgen", sagte Sven und versuchte, seine Stimme ruhig klingen zu lassen. "Hier ist Sven Zimmermann. Ich... ich bräuchte dringend einen Termin. Heute noch, wenn möglich."

"Worum geht es denn, Herr Schreiber?"

Sven zögerte. Wie sollte er erklären, dass er glaubte, heute zu sterben, weil ihm ein Joghurtbecher auf den Fuß gefallen war?

"Ich habe... verschiedene Symptome", sagte er schließlich. "Brustschmerzen, Herzrasen, Atemnot. Ich mache mir Sorgen, dass es etwas Ernstes sein könnte."

"Haben Sie akute, starke Schmerzen? Sollten wir einen Notarzt schicken?"

"Nein, nein", beeilte sich Sven zu sagen. "Es ist nicht... akut. Nur beunruhigend."

"Verstehe. Dr. Weiß hat heute einen vollen Terminkalender, aber bei diesen Symptomen sollten wir Sie trotzdem untersuchen. Können Sie um 14:30 Uhr in der Praxis sein?"

Sven blickte auf die Uhr. Es war kurz nach 10. Viereinhalb Stunden. Würde er so lange durchhalten?

"Ja", sagte er. "14:30 Uhr ist gut. Danke."

Er legte auf und starrte auf seinen Bildschirm. Viereinhalb Stunden. 270 Minuten. 16.200 Sekunden.

Eine Ewigkeit, wenn man glaubte, jeden Moment sterben zu können.

Sven öffnete einen neuen Tab und suchte nach "Wie überlebe ich bis zum Arzttermin".

Die genervte Göttin in Weiß

Die Arztpraxis von Dr. Marlene Weiß befand sich im ersten Stock eines renovierten Altbaus in der Innenstadt. Sven hatte die letzten vier Stunden damit verbracht, sich mental auf diesen Moment vorzubereiten. Er hatte seine Symptome in einer Excel-Tabelle dokumentiert, nach Schweregrad und Häufigkeit sortiert. Er hatte eine Liste mit Fragen erstellt, die er der Ärztin stellen wollte. Und er hatte sein Testament aktualisiert – nur für den Fall.

Als er nun im Wartezimmer saß, umgeben von hustenden, niesenden und schnäuzenden Mitmenschen, wurde ihm bewusst, dass er einen schwerwiegenden Fehler begangen hatte. Er hätte einen Notarzt rufen sollen. Oder direkt ins Krankenhaus fahren. Stattdessen saß er hier, in einer Petrischale aus Krankheitserregern, und wartete darauf, aufgerufen zu werden.

"Herr Schreiber?"

Sven zuckte zusammen. Eine Sprechstundenhilfe in mintgrüner Kleidung stand in der Tür und lächelte ihn freundlich an.

"Ja", sagte er und erhob sich. Seine Beine fühlten sich wackelig an. War das ein Symptom für eine Herzinsuffizienz? Oder nur die Aufregung?

"Bitte folgen Sie mir."

Er folgte der Frau durch einen kurzen Flur in ein Behandlungszimmer. Dr. Weiß saß bereits an ihrem Schreibtisch und tippte etwas in ihren Computer. Sie war eine Frau Mitte fünfzig mit kurzen, grauen Haaren und einer randlosen Brille. Sven kannte sie seit Jahren, aber heute erschien sie ihm wie eine Fremde. Eine Fremde, die über sein Schicksal entscheiden würde.

"Guten Tag, Herr Schreiber", sagte sie, ohne von ihrem Bildschirm aufzublicken. "Was führt Sie zu mir?"

Sven holte tief Luft. Er hatte sich vorgenommen, sachlich zu bleiben. Nur die Fakten zu präsentieren. Keine Interpretationen.

"Ich habe seit heute Morgen verschiedene beunruhigende Symptome", begann er. "Herzrasen, Schweißausbrüche, Zittern, ein Engegefühl in der Brust, gelegentliche Stiche im Brustbereich, Atemnot und ein allgemeines Gefühl der Bedrohung."

Dr. Weiß blickte nun auf und musterte ihn über den Rand ihrer Brille hinweg. "Seit heute Morgen?"

"Ja. Es begann, als mir ein Joghurtbecher auf den Fuß fiel."

Eine ihrer Augenbrauen hob sich leicht. "Ein Joghurtbecher."

"Ja. Ich weiß, das klingt seltsam, aber es war ein statistisch höchst unwahrscheinliches Ereignis, und seitdem habe ich das Gefühl, dass etwas nicht stimmt. Mit mir, meine ich. Gesundheitlich."

Die Konfrontation mit der medizinischen Realität

Dr. Weiß lehnte sich in ihrem Stuhl zurück und verschränkte die Arme. "Herr Schreiber, Sie waren in den letzten drei Jahren genau siebenmal in meiner Praxis. Jedes Mal mit Symptomen, die Sie als lebensbedrohlich eingeschätzt haben. Erinnern Sie sich, was daraus geworden ist?"

Sven rutschte unbehaglich auf seinem Stuhl hin und her. "Nun, die Diagnosen waren unterschiedlich..."

"Die Diagnosen waren immer dieselbe", unterbrach ihn Dr. Weiß. "Stress und Angst. Keine Herzerkrankung. Kein Schlaganfall. Kein Tumor. Keine tödliche Infektion."

"Aber diesmal ist es anders", beharrte Ben. "Ich habe recherchiert und—"

"Sie haben gegoogelt", unterbrach ihn Dr. Weiß erneut. "Und wie immer hat Dr. Google Ihnen gesagt, dass Sie im Sterben liegen."

Sven spürte, wie Hitze in sein Gesicht stieg. Teils aus Verlegenheit, teils aus Ärger. "Ich habe nur versucht, informiert zu sein."

Dr. Weiß seufzte und nahm ihre Brille ab. "Herr Schreiber, verstehen Sie mich nicht falsch. Ich schätze informierte Patienten. Aber es gibt einen Unterschied zwischen Information und Panik. Was Sie betreiben, ist keine Recherche, sondern Selbstquälerei."

Sie stand auf und deutete auf die Liege. "Aber gut, lassen Sie uns Ihre Symptome ernst nehmen und Sie gründlich untersuchen. Bitte machen Sie den Oberkörper frei und legen Sie sich hin."

Sven tat wie geheißen, während Dr. Weiß ein Stethoskop aus einer Schublade holte. Sie wärmte das Metall kurz in ihren Händen, bevor sie es auf seine Brust legte.

"Tief einatmen... und ausatmen... noch einmal..."

Sven versuchte, ruhig zu atmen, aber sein Herz raste. Er war sich sicher, dass Dr. Weiß es hören konnte. Den unregelmäßigen Rhythmus. Die Anzeichen einer Herzerkrankung.

"Ihr Herz schlägt schnell, aber regelmäßig", sagte sie, als hätte sie seine Gedanken gelesen. "Das ist konsistent mit Angst, nicht mit einer Herzerkrankung."

Sie maß seinen Blutdruck, leuchtete in seine Augen, klopfte seine Reflexe ab und tastete seinen Bauch ab. Alles mit der routinierten Effizienz einer Ärztin, die solche Untersuchungen tausendmal durchgeführt hatte.

"Ihr Blutdruck ist leicht erhöht, aber das ist bei Aufregung normal", sagte sie schließlich. "Ansonsten kann ich bei der körperlichen Untersuchung keine Auffälligkeiten feststellen."

Sven setzte sich auf und zog sein Hemd wieder an. "Aber die Brustschmerzen..."

"Sind wahrscheinlich muskulär oder durch Hyperventilation bedingt", ergänzte Dr. Weiß. "Herr Schreiber, ich verstehe, dass Sie beunruhigt sind. Aber aus medizinischer Sicht gibt es keinen Grund zur Sorge."

"Könnten wir nicht sicherheitshalber ein EKG machen? Oder eine Blutuntersuchung? Vielleicht ein MRT?"

Dr. Weiß setzte sich wieder an ihren Schreibtisch. "Ein EKG können wir machen, wenn Sie sich dann besser fühlen. Aber ich muss Sie warnen: Selbst wenn das Ergebnis unauffällig ist, wird es Ihre Ängste wahrscheinlich nicht beseitigen. Sie werden sich fragen, ob wir etwas übersehen haben. Ob ein anderer Test mehr gezeigt hätte."

Sven wollte widersprechen, aber er wusste, dass sie Recht hatte. So war es immer. Jede Entwarnung brachte nur kurzzeitige Erleichterung, bevor die Zweifel zurückkehrten.

"Herr Schreiber", fuhr Dr. Weiß fort, nun mit sanfterer Stimme, "haben Sie schon einmal von Hypochondrie gehört?"

Sven versteifte sich. "Ich bilde mir meine Symptome nicht ein."

"Das habe ich auch nicht gesagt. Die Symptome sind real. Aber ihre Ursache ist nicht körperlich, sondern psychisch. Hypochondrie, oder wie wir es heute nennen, Krankheitsangststörung, ist eine ernsthafte Erkrankung. Menschen mit dieser Störung interpretieren normale Körperempfindungen als Anzeichen einer schweren Krankheit. Sie fokussieren sich so stark auf diese Empfindungen, dass sie tatsächlich körperliche Symptome entwickeln – Herzrasen, Schwitzen, Zittern, sogar Schmerzen."

"Aber der Joghurt", beharrte Ben. "Das war ein Zeichen."

Dr. Weiß lehnte sich vor. "Herr Schreiber, in meiner dreißig-jährigen Karriere als Ärztin habe ich noch nie erlebt, dass ein Joghurtbecher ein Vorbote für eine tödliche Erkrankung war."

Sie sagte es mit einem leichten Lächeln, aber Sven fand es nicht komisch. Für ihn war es todernst.

"Ich schlage Folgendes vor", sagte Dr. Weiß nach einer kurzen Pause. "Wir machen jetzt ein EKG, um Ihr Herz zu überprü-fen. Ich bin mir sicher, dass es normal sein wird. Dann möchte ich Ihnen eine Überweisung zu einem Kollegen geben – einem Psychotherapeuten, der auf Angststörungen spezialisiert ist."

Sven spürte, wie Wut in ihm aufstieg. "Sie denken also, ich bin verrückt."

"Nein, Herr Schreiber. Ich denke, Sie leiden. Und ich möchte Ihnen helfen, dieses Leiden zu beenden. Eine Psychotherapie kann bei Krankheitsangststörungen sehr effektiv sein."

Sven wollte aufstehen und gehen. Ihr sagen, dass sie keine Ah-nung hatte. Dass er einen anderen Arzt aufsuchen würde, ei-nen, der ihn ernst nahm. Aber etwas in ihrer Stimme – eine Mi-schung aus Autorität und echter Sorge – hielt ihn zurück.

"Das EKG", sagte er schließlich. "Lassen Sie uns damit anfan-gen."

Dr. Weiß nickte und rief per Intercom ihre Assistentin. Wenige Minuten später lag Sven mit Elektroden auf der Brust auf der Liege, während ein Gerät seine Herzaktivität aufzeichnete.

"Sehen Sie?", sagte Dr. Weiß, als sie das Ergebnis betrachtete. "Völlig normal. Ein gesundes Herz."

Sie zeigte ihm den Ausdruck, aber für Sven waren die Zacken und Kurven nur bedeutungslose Linien. Er musste ihr glauben. Oder nicht.

"Und was ist mit meiner Schilddrüse?", fragte er. "Könnte es nicht sein, dass ich eine Überfunktion habe? Die Symptome passen."

Dr. Weiß seufzte leise. "Wenn Sie möchten, können wir Ihre Schilddrüsenwerte im Blut bestimmen lassen. Aber Herr Schreiber, ich kenne Sie seit Jahren. Sie hatten noch nie Anzeichen einer Schilddrüsenerkrankung. Und die Wahrscheinlichkeit, dass Sie über Nacht eine entwickelt haben, ist..."

"Gering, aber nicht null", ergänzte Ben.

"Richtig. Nicht null. Wie die Wahrscheinlichkeit, dass Ihnen ein Joghurtbecher auf den Fuß fällt."

Sven blinzelte. Hatte sie gerade einen statistischen Witz gemacht?

Dr. Weiß lächelte leicht. "Sehen Sie, Herr Schreiber, ich verstehe Ihre Denkweise besser, als Sie vielleicht glauben. Sie sind Statistiker. Sie wissen, dass unwahrscheinliche Ereignisse manchmal eintreten. Aber Sie wissen auch, dass man Entscheidungen auf der Grundlage der wahrscheinlichsten Erklärung treffen sollte, nicht der unwahrscheinlichsten."

Sie nahm einen Notizblock und schrieb etwas auf. "Hier ist die Überweisung zum Psychotherapeuten. Dr. Berger ist exzellent. Er arbeitet mit kognitiver Verhaltenstherapie, die bei Angststörungen sehr wirksam ist."

Sie reichte ihm das Papier. "Und hier ist ein Rezept für ein mildes Beruhigungsmittel. Für den Notfall. Wenn die Angst überwältigend wird."

Sven nahm beides entgegen, fühlte sich aber seltsam betäubt. Als wäre all dies nicht real. Als würde es jemand anderem passieren.

"Herr Schreiber", sagte Dr. Weiß, nun wieder mit dieser Mischung aus Autorität und Sorge, "ich weiß, dass Sie mir jetzt nicht glauben. Dass Sie denken, ich übersehe etwas Wichtiges. Aber bitte, nehmen Sie meine Worte ernst: Sie sind körperlich gesund. Was Sie erleben, ist eine Angststörung. Und mit der richtigen Hilfe können Sie sie überwinden."

Sven starrte auf die Überweisung in seiner Hand. Dr. Berger. Psychotherapeut. Spezialisiert auf Angststörungen.

"Danke", sagte er schließlich, obwohl er sich nicht dankbar fühlte. "Ich werde... darüber nachdenken."

Dr. Weiß nickte. "Tun Sie das. Und Herr Schreiber? Versuchen Sie, heute nicht mehr zu googeln. Es wird Ihnen nicht helfen."

Sven verließ die Praxis mit schwerem Herzen. Die Sonne schien, Menschen gingen ihren Alltagsgeschäften nach, Vögel sangen. Die Welt drehte sich weiter, als wäre nichts geschehen. Als hätte sich sein ganzes Leben nicht gerade fundamental verändert.

Er blickte auf die Überweisung in seiner Hand. Dann zerknüllte er sie und warf sie in den nächsten Mülleimer.

"Ich bin nicht verrückt", murmelte er. "Ich weiß, was ich fühle."

Aber während er die Straße entlangging, nagte ein Zweifel an ihm. Was, wenn Dr. Weiß Recht hatte? Was, wenn all seine Ängste, all seine Symptome, nur Produkte seines eigenen Geistes waren?

Er schüttelte den Kopf. Nein. Der Joghurt war real gewesen. Die Vorahnung war real. Und er würde beweisen, dass er Recht hatte. Irgendwie.

Statistisch gesehen

Sven Zimmermann saß an seinem Schreibtisch in der Mitteldeutschen Lebensversicherung und starrte auf die Zahlenkolonnen vor ihm. Normalerweise fand er Trost in Statistiken. Zahlen logen nicht. Sie waren verlässlich, berechenbar, sicher. Aber heute schienen sie ihm wie Hieroglyphen – fremd und unverständlich.

Seit seinem Besuch bei Dr. Weiß waren zwei Tage vergangen. Zwei Tage, in denen er versucht hatte, normal zu funktionieren. Zur Arbeit zu gehen. Zu essen. Zu schlafen. Aber nichts fühlte sich normal an. Die Diagnose "Krankheitsangststörung" hing über ihm wie eine dunkle Wolke.

Er hatte die Überweisung zum Psychotherapeuten weggeworfen, aber Dr. Weiß' Worte konnte er nicht so leicht entsorgen. Sie hallten in seinem Kopf wider: "Sie sind körperlich gesund. Was Sie erleben, ist eine Angststörung."

War es möglich, dass sie Recht hatte? Dass all seine Symptome, all seine Ängste, nur Produkte seines eigenen Geistes waren?

Sven schüttelte den Kopf und versuchte, sich auf seine Arbeit zu konzentrieren. Vor ihm lag die Sterbetafel für die neue Lebensversicherungspolice, die seine Abteilung entwickelte. Seine Aufgabe war es, die Prämien zu berechnen – basierend auf Alter, Geschlecht, Gesundheitszustand und einer Vielzahl anderer Faktoren, die die Lebenserwartung beeinflussen konnten.

Er starrte auf die Spalte für 42-jährige Männer – seine Altersgruppe. Die Wahrscheinlichkeit, innerhalb des nächsten Jahres zu sterben, lag bei etwa 0,2 Prozent. Zwei von tausend. Eine verschwindend geringe Zahl.

Aber jemand musste zu diesen zwei Personen gehören. Jemand, der heute noch lebte, würde innerhalb des nächsten Jahres sterben. Warum nicht er?

Sven öffnete eine neue Excel-Tabelle und begann, Daten einzugeben. Sein Alter: 42. Sein Geschlecht: männlich. Seine Größe: 1,78 m. Sein Gewicht: 76 kg. Sein Blutdruck: 125/85 (leicht erhöht, wie Dr. Weiß festgestellt hatte). Sein Cholesterinspiegel: unbekannt, aber vermutlich normal. Raucher: nein. Alkoholkonsum: moderat. Familiäre Vorbelastung für Herzerkrankungen: keine. Für Krebs: Großvater mütterlicherseits, Darmkrebs mit 78.

Er starrte auf die Daten und überlegte, welche Formel er anwenden sollte. Die Standard-Sterbetafel war zu allgemein. Er brauchte etwas Spezifischeres, etwas, das seine individuelle Situation berücksichtigte.

Nach einigem Nachdenken entschied er sich für den Framingham-Risikoscore – ein Modell, das das 10-Jahres-Risiko für kardiovaskuläre Erkrankungen berechnet. Er gab seine Daten ein und erhielt ein Ergebnis von 5 Prozent. Fünf Prozent Wahrscheinlichkeit, in den nächsten zehn Jahren einen Herzinfarkt oder Schlaganfall zu erleiden.

Das war beruhigend niedrig. Aber es bedeutete auch, dass einer von zwanzig Männern mit seinem Risikoprofil betroffen sein würde. Und wieder stellte sich die Frage: Warum nicht er?

Sven lehnte sich zurück und rieb sich die Augen. Er wusste, dass er irrational dachte. Als Statistiker war ihm bewusst, dass man individuelle Risiken nicht so betrachten konnte. Die Wahrscheinlichkeit sagte nichts darüber aus, wer zu den Betroffenen gehören würde. Sie war nur ein Maß für die Häufigkeit eines Ereignisses in einer großen Population.

Und doch... der Joghurt. Der verdammte Joghurt. Die Wahrscheinlichkeit, dass ihm ein Joghurtbecher auf den Fuß fiel, war sicherlich noch geringer als 5 Prozent. Und trotzdem war es passiert.

Sven öffnete eine weitere Excel-Tabelle und begann, die Wahrscheinlichkeit für verschiedene Todesursachen zu berechnen. Herzinfarkt: 0,08 Prozent pro Jahr für einen Mann seines Alters und Risikoprofils. Schlaganfall: 0,05 Prozent. Krebs: 0,1 Prozent. Unfall: 0,04 Prozent. Suizid: 0,02 Prozent.

Die Zahlen waren winzig. Beruhigend winzig. Aber sie addierten sich. Und sie berücksichtigten nicht die unbekannten Faktoren – die genetischen Prädispositionen, die noch nicht entdeckten Krankheiten, die unvorhersehbaren Ereignisse.

"Schreiber, haben Sie die Prämienberechnung für die neue Police fertig?"

Sven zuckte zusammen. Sein Abteilungsleiter, Herr Müller, stand in der Tür seines Büros und blickte ihn erwartungsvoll an.

"Fast", log Sven und minimierte hastig seine persönliche Risikoanalyse. "Ich brauche noch etwa eine Stunde."

Müller runzelte die Stirn. "Die Geschäftsführung wartet darauf. Beeilen Sie sich."

"Natürlich."

Als Müller gegangen war, starrte Sven wieder auf seinen Bildschirm. Die Sterbetafel. Die nüchternen Zahlen, die das Risiko zu sterben in saubere, ordentliche Prozentsätze verpackten.

Er wusste, dass er seine Arbeit erledigen musste. Aber er konnte nicht aufhören, an seine eigene Sterblichkeit zu denken. An die Möglichkeit, dass er zu den 0,2 Prozent gehören könnte, die dieses Jahr nicht überleben würden.

Mit einem Seufzer öffnete er die Prämienberechnungstabelle und versuchte, sich zu konzentrieren. Zahlen. Formeln. Wahrscheinlichkeiten. Das war seine Welt. Hier fühlte er sich sicher.

Aber während er arbeitete, schweiften seine Gedanken immer wieder ab. Zu Dr. Weiß und ihrer Diagnose. Zu dem zerknüllten Überweisungsschein im Mülleimer. Zu dem Joghurtbecher, der alles verändert hatte.

War er wirklich krank? Nicht körperlich, sondern psychisch? War seine Angst vor dem Tod so übermächtig geworden, dass sie physische Symptome verursachte?

Sven schüttelte den Kopf und zwang sich, zur Prämienberechnung zurückzukehren. Er würde später darüber nachdenken. Jetzt musste er arbeiten.

Aber die Zahlen vor ihm verschwammen erneut, und stattdessen sah er andere Statistiken: Die Prävalenz von Angststörungen in der Allgemeinbevölkerung: etwa 10 Prozent. Die Prävalenz von Hypochondrie: etwa 1 bis 5 Prozent. Die Wahrscheinlichkeit, dass ein Mensch im Laufe seines Lebens eine psychische Erkrankung entwickelt: fast 50 Prozent.

Statistisch gesehen war es also wahrscheinlicher, dass er an einer Angststörung litt, als dass er einen Herzinfarkt erlitt. Aber das machte es nicht weniger real. Nicht weniger beängstigend.

Sven schloss die Augen und atmete tief durch. Er musste rational bleiben. Methodisch. Das war seine Stärke. Er würde die Situation analysieren, wie er jedes andere Problem analysierte: mit Logik und Daten.

Er öffnete eine neue Datei und begann, eine Liste zu erstellen:

Hypothese A: Ich leide an einer lebensbedrohlichen Erkrankung, die noch nicht diagnostiziert wurde.

Pro: Unerklärliche Symptome, Vorahnung, statistische Anomalie (Joghurt)

Contra: Normale körperliche Untersuchung, normales EKG, keine familiäre Vorbelastung

Hypothese B: Ich leide an einer Krankheitsangststörung (Hypochondrie).

Pro: Diagnose durch Fachperson, Übereinstimmung mit typischen Symptomen, höhere statistische Wahrscheinlichkeit

Contra: Gefühl ist "zu real", um eingebildet zu sein, Joghurt-Vorfall als externes Ereignis

Sven starrte auf die Liste. Rein logisch betrachtet, hatte Hypothese B mehr Gewicht. Aber sein Bauchgefühl – diese tiefe, unerschütterliche Gewissheit, dass etwas nicht stimmte – sprach für Hypothese A.

Was, wenn beide Hypothesen teilweise zutrafen? Was, wenn er tatsächlich an einer Angststörung litt, aber diese Angststörung eine Reaktion auf eine reale, noch unentdeckte Erkrankung war? Eine Art Frühwarnsystem seines Körpers?

Sven fügte eine dritte Hypothese hinzu:

Hypothese C: Ich habe eine erhöhte Interozeption (Wahrnehmung innerer Körpersignale) und spüre eine Erkrankung, bevor sie klinisch nachweisbar ist.

Pro: Dokumentierte Fälle von Menschen, die Krankheiten "spüren", bevor sie diagnostiziert werden, Joghurt als synchronistisches Ereignis

Contra: Wissenschaftlich schwer zu belegen, könnte Rationalisierung der Angst sein

Diese dritte Hypothese gefiel ihm. Sie erklärte sowohl seine Symptome als auch sein tiefes Gefühl der Gewissheit, ohne ihn als "verrückt" abzustempeln.

Aber wie konnte er sie testen? Wie konnte er herausfinden, ob seine Ängste begründet waren oder nicht?

Die Wissenschaft des Sterbens

Die offensichtliche Antwort wäre eine gründliche medizinische Untersuchung. Aber Dr. Weiß hatte bereits klargemacht, dass sie keine weiteren Tests für notwendig hielt. Und andere Ärzte würden wahrscheinlich ähnlich reagieren, wenn er ihnen von seiner "Joghurt-Theorie" erzählte.

Er brauchte mehr Daten. Mehr Informationen. Nicht nur über mögliche Krankheiten, sondern auch über den Tod selbst. Über das, was Menschen erlebten, wenn sie dem Tod nahe waren. Über die Wissenschaft des Sterbens.

Sven speicherte seine Dateien und schloss Excel. Die Prämienberechnung würde warten müssen. Er hatte wichtigere Recherchen anzustellen.

Er öffnete seinen Browser und tippte: "Wissenschaftliche Studien über Nahtoderfahrungen".

Die Suchergebnisse waren faszinierend. Studien aus renommierten Institutionen, die sich mit den Erlebnissen von Menschen befassten, die klinisch tot waren und wiederbelebt wurden. Berichte über Licht am Ende eines Tunnels, über außerkörperliche Erfahrungen, über ein Gefühl des Friedens und der Zeitlosigkeit.

Sven vertiefte sich in die Lektüre. Eine Studie der University of Michigan hatte bei sterbenden Patienten eine erhöhte Hirnaktivität festgestellt – insbesondere einen Anstieg von Gammawellen, die mit Bewusstsein und kognitiven Prozessen in Verbindung gebracht wurden. Die Forscher spekulierten, dass diese gesteigerte Aktivität die intensiven visuellen und emotionalen Erfahrungen erklären könnte, von denen Menschen nach Nahtoderlebnissen berichteten.

Eine andere Studie aus den Niederlanden hatte gezeigt, dass etwa 18 Prozent der Patienten, die einen Herzstillstand überlebt hatten, von Nahtoderfahrungen berichteten. Diese Erfahrungen waren oft lebensverändernd und führten zu einer verringerten Angst vor dem Tod und einem gesteigerten Sinn für Spiritualität.

Sven lehnte sich zurück und dachte nach. Wenn der Tod tatsächlich eine solche Erfahrung mit sich brachte – friedvoll, bedeutsam, vielleicht sogar schön –, warum hatte er dann solche Angst davor?

Die Antwort kam ihm sofort: Weil er nicht wusste, ob es stimmte. Weil all diese Berichte von Menschen stammten, die nicht wirklich gestorben waren. Sie hatten den klinischen Tod erlebt, waren aber zurückgekehrt. Niemand wusste, was jenseits dieses Punktes lag. Niemand konnte zurückkommen und davon berichten.

Und doch... die Konsistenz der Berichte war bemerkenswert. Menschen aus verschiedenen Kulturen, mit unterschiedlichen religiösen Überzeugungen, beschrieben ähnliche Erfahrungen. Das deutete auf ein gemeinsames neurologisches Phänomen hin, nicht auf kulturell bedingte Halluzinationen.

Sven öffnete ein neues Dokument und begann, Notizen zu machen. Er würde systematisch vorgehen. Alle verfügbaren wissenschaftlichen Erkenntnisse über den Tod sammeln. Über Nahtoderfahrungen. Über die Physiologie des Sterbens. Über die psychologischen Mechanismen der Todesangst.

Und dann würde er entscheiden, ob seine Angst rational war oder nicht. Ob er tatsächlich Hilfe brauchte – medizinische oder psychologische.

Während er arbeitete, bemerkte er, dass seine Symptome nachließen. Das Herzrasen beruhigte sich. Die Brustschmerzen verschwanden. Die Atemnot wich einem gleichmäßigen, tiefen Atem.

Vielleicht hatte Dr. Weiß doch Recht. Vielleicht war seine Angst das Problem, nicht sein Körper.

Aber dann erinnerte er sich wieder an den Joghurt. An diesen Moment der absoluten Gewissheit. An das Gefühl, dass etwas Grundlegendes in seinem Leben aus dem Gleichgewicht geraten war.

Nein, er konnte es nicht einfach als Einbildung abtun. Er musste weiterforschen. Musste verstehen, was mit ihm geschah.

Sven blickte auf die Uhr. Es war fast 18 Uhr. Er hatte den ganzen Tag mit seiner persönlichen Recherche verbracht und die Prämienberechnung völlig vergessen.

Müller würde wütend sein. Aber das war jetzt nicht wichtig. Nichts war wichtig, außer der Frage, die ihn umtrieb: Würde er sterben? Und wenn ja, was erwartete ihn?

Er speicherte seine Notizen und schaltete den Computer aus. Es war Zeit, nach Hause zu gehen. Aber nicht, um zu ruhen. Er hatte einen Plan.

Morgen würde er die Stadtbibliothek besuchen. Dort gab es eine ganze Abteilung mit Büchern über Tod, Sterben und das, was möglicherweise danach kam. Er würde alles lesen, was er finden konnte. Wissenschaftliche Abhandlungen. Philosophische Betrachtungen. Religiöse Texte. Persönliche Berichte.

Und vielleicht, nur vielleicht, würde er Antworten finden. Oder zumindest genug Wissen, um seine Angst zu verstehen. Um zu entscheiden, ob sie begründet war oder nicht.

Sven packte seine Tasche und verließ das Büro. Draußen war es ein schöner Frühlingsabend. Die Sonne stand tief, tauchte die Gebäude in goldenes Licht. Menschen eilten nach Hause, zu ihren Familien, ihren Freunden, ihrem Leben.

Für einen Moment fühlte Sven einen Stich der Einsamkeit. Er hatte niemanden, mit dem er seine Ängste teilen konnte. Niemanden, der verstehen würde, warum ein fallender Joghurtbecher sein ganzes Weltbild erschüttert hatte.

Aber er hatte Zahlen. Statistiken. Daten. Sie waren seine Begleiter, seine Wegweiser in einer ungewissen Welt.

Statistisch gesehen war die Wahrscheinlichkeit, dass er in naher Zukunft sterben würde, verschwindend gering. Aber Statistiken galten für Gruppen, nicht für Individuen. Und irgendwer musste zu den 0,2 Prozent gehören.

Sven seufzte und machte sich auf den Heimweg. Morgen würde er weiterforschen. Morgen würde er der Wahrheit einen Schritt näher kommen.

Statistisch gesehen war das zumindest nicht unwahrscheinlich.

Testament und Torschlusspanik

Sven Zimmermann saß an seinem Küchentisch, umgeben von Papieren, Ordnern und Dokumenten. Es war Samstag, kurz nach Mitternacht, und normale Menschen in seinem Alter würden jetzt ausgehen, Freunde treffen oder zumindest einen Film schauen. Aber Sven war nicht normal – nicht mehr, seit dem Joghurt-Vorfall vor einer Woche.

Vor ihm lag ein leeres Blatt Papier mit der Überschrift "Letzter Wille und Testament." Daneben ein Ratgeber mit dem Titel "Testament selbst verfassen – rechtssicher und günstig." Er hatte das Buch am Nachmittag in der Buchhandlung gekauft, zusammen mit einem Stapel anderer Bücher über Tod, Sterben und das, was möglicherweise danach kam.

Sven kaute an seinem Stift und überlegte, wie er beginnen sollte. Die Formulierung musste präzise sein, juristisch einwandfrei. Er wollte keine Unklarheiten hinterlassen, keine Streitigkeiten provozieren. Nicht dass es viele Menschen gab, die um sein Erbe streiten könnten. Seine Eltern lebten noch, in einem kleinen Haus am Stadtrand. Er hatte eine ältere Schwester, die mit ihrer Familie in Kanada wohnte und mit der er nur zu Weihnachten telefonierte. Freunde? Ein paar Kollegen, mit denen er gelegentlich ein Bier trank. Niemand, der ihm wirklich nahestand.

"Ich, Sven Friedrich Schreiber, geboren am 15. März 1983 in Heidelberg, derzeit wohnhaft in der Lindenstraße 42, 10115 Berlin, verfüge hiermit meinen letzten Willen wie folgt..."

Er hielt inne. Was genau wollte er verfügen? Wem sollte seine Wohnung zufallen? Seine Ersparnisse? Seine Besitztümer?

Sven blickte sich in seiner Wohnung um. Die IKEA-Möbel, die er vor Jahren gekauft hatte. Die Bücherregale voller Fachbücher über Statistik, Wahrscheinlichkeitstheorie und Versicherungsmathematik. Der Fernseher, den er kaum benutzte. Der Laptop, auf dem er seine Berechnungen durchführte. Nichts davon schien plötzlich noch wichtig.

Was würde von ihm bleiben, wenn er nicht mehr da war? Welchen Unterschied hatte er in der Welt gemacht?

Die Bestandsaufnahme eines Lebens

Sven legte den Stift beiseite und rieb sich die Augen. Diese Gedanken waren nicht hilfreich. Er musste methodisch vorgehen, wie bei jedem anderen Problem auch.

Er nahm sein Smartphone und öffnete die Notizen-App. Dort hatte er bereits eine Liste seiner Vermögenswerte erstellt:

- Eigentumswohnung (abbezahlt): ca. 350.000 €

- Sparkonto: 78.412,17 €

- Aktienportfolio: ca. 45.000 €

- Lebensversicherung: 100.000 € (Begünstigte: Eltern)

- Auto (VW Golf, 5 Jahre alt): ca. 12.000 €

- Persönliche Gegenstände: Wert unbekannt

Es war ein ordentliches Vermögen für einen Mann seines Alters. Er hatte immer sparsam gelebt, vernünftig investiert. Aber für wen? Wofür?

Sven schüttelte den Kopf und zwang sich, zum Testament zurückzukehren. Er musste dies erledigen, bevor... nun ja, bevor was auch immer geschehen würde, geschah.

"Meine Eigentumswohnung in der Lindenstraße 42, 10115 Berlin, vermache ich meinen Eltern, Friedrich und Helga Schreiber, mit der Bitte, sie zu verkaufen und den Erlös für ihren Ruhestand zu verwenden."

Das erschien vernünftig. Seine Eltern hatten ihr Leben lang hart gearbeitet. Sie verdienten ein komfortables Alter.

"Mein Sparkonto und mein Aktienportfolio sollen zu gleichen Teilen an meine Eltern und meine Schwester Katharina Schreiber-Williams gehen."

Auch das machte Sinn. Katharina hatte zwei Kinder im Teenageralter. Das Geld würde ihnen helfen, aufs College zu gehen.

"Mein Auto vermache ich meinem Kollegen und Freund Thomas Becker, der es immer bewundert hat."

Sven hielt inne. War Thomas wirklich ein Freund? Sie arbeiteten seit fünf Jahren zusammen, aßen manchmal gemeinsam zu Mittag, sprachen über Fußball und Politik. Aber wusste Thomas irgendetwas Persönliches über ihn? Wusste irgendjemand etwas Persönliches über Sven Zimmermann?

Er seufzte und fuhr fort.

"Meine Bücher sollen der Universitätsbibliothek Heidelberg gespendet werden, mit Ausnahme der folgenden Titel, die persönliche Bedeutung für mich haben und die ich meinen Eltern vermache..."

Sven hielt erneut inne. Welche Bücher hatten persönliche Bedeutung für ihn? Die Statistik-Lehrbücher aus seinem Studium? Die Science-Fiction-Romane, die er in seiner Jugend verschlungen hatte? Die Reiseführer für Orte, die er nie besucht hatte?

Er stand auf und ging zu seinem Bücherregal. Sein Blick fiel auf ein abgegriffenes Exemplar von "Der kleine Prinz". Ein Geschenk seiner Mutter zu seinem zehnten Geburtstag. Er zog es heraus und blätterte darin. Auf der ersten Seite stand in der ordentlichen Handschrift seiner Mutter: "Für meinen Sven , der immer nach den Sternen greift. Alles Liebe, Mama."

Sven spürte, wie seine Augen feucht wurden. Wann hatte er aufgehört, nach den Sternen zu greifen? Wann war sein Leben zu einer Abfolge von Routinen und Berechnungen geworden?

Er stellte das Buch zurück und nahm ein anderes: "Zen und die Kunst, ein Motorrad zu warten" von Robert M. Pirsig. Ein Geschenk seines Vaters zum Schulabschluss. Er hatte es damals nicht verstanden, fand es zu philosophisch, zu abstrakt. Vielleicht war es an der Zeit, es noch einmal zu lesen.

Sven kehrte zum Küchentisch zurück, das Buch in der Hand. Sein Testament lag dort, halb fertig, ein trauriges Zeugnis eines Lebens, das mehr aus Besitztümern als aus Beziehungen bestand.

Er setzte sich und starrte auf das Papier. Dann, in einem plötzlichen Anfall von Frustration, zerknüllte er es und warf es in den Mülleimer.

Ein Testament zu schreiben war eine Sache. Aber es so zu schreiben, als wäre sein Leben bereits vorbei, als hätte er nichts mehr zu erwarten, nichts mehr zu erleben – das war deprimierend. Und falsch.

Selbst wenn er tatsächlich bald sterben würde (eine Hypothese, die er trotz Dr. Weiß' Diagnose noch nicht aufgegeben hatte), bedeutete das nicht, dass er die ihm verbleibende Zeit in Angst und Bedauern verbringen musste.

Sven öffnete Pirsigs Buch und begann zu lesen. Eine Passage sprang ihm sofort ins Auge:

"Die Buddhas, die göttlichen Wesen, die Helden, die Genies, die Heiligen, die Avatare aller Zeiten und Orte – sie kommen nicht und gehen nicht. Sie sind nicht geboren, sie sterben nicht. Sie durchdringen alles, was ist. Alles, was geboren wird und stirbt, ist bloß die äußere Form."

Sven runzelte die Stirn. Das klang nach spirituellem Geschwätz. Aber irgendwie... irgendwie berührte es ihn auch. Die Idee, dass es etwas gab, das über das physische Leben hinausging. Etwas Unvergängliches.

Er blätterte weiter und stieß auf eine andere Stelle:

"Die einzige Zen-Gedanken, die du auf der Spitze eines Berges finden wirst, sind die Zen-Gedanken, die du mit hinaufgebracht hast."

Sven lächelte schwach. Das klang schon mehr nach etwas, das er verstehen konnte. Die Idee, dass unsere Wahrnehmung der Welt von unseren eigenen Gedanken und Überzeugungen geprägt wird. Dass wir die Realität nicht passiv erleben, sondern aktiv konstruieren.

War es das, was mit ihm geschah? Konstruierte er eine Realität, in der er dem Tod geweiht war, basierend auf einem banalen Vorfall mit einem Joghurtbecher?

Sven legte das Buch beiseite und stand auf. Es war fast zwei Uhr morgens, und er war erschöpft. Aber sein Geist raste noch immer, gefüllt mit Gedanken über Leben und Tod, über Bedeutung und Leere.

Er ging zum Fenster und blickte hinaus auf die nächtliche Stadt. Berlin schlief nie wirklich. Selbst jetzt waren noch Menschen unterwegs, lebten ihr Leben, während er hier stand und über sein Ende nachdachte.

Was würde er tun, wenn er wüsste, dass ihm nur noch wenig Zeit blieb? Würde er weiter Testamente schreiben und Statistiken berechnen? Oder würde er endlich beginnen zu leben?

Sven drehte sich um und betrachtete seine Wohnung mit neuen Augen. Sie war ordentlich, funktional, aber ohne Persönlichkeit. Wie ein Hotelzimmer, in dem jemand vorübergehend wohnte, ohne Spuren zu hinterlassen.

War das sein Leben? Ein vorübergehender Aufenthalt, ohne Spuren?

Mit plötzlicher Entschlossenheit ging Sven zu seinem Schreibtisch und holte ein frisches Blatt Papier. Aber diesmal schrieb er keine Überschrift wie "Testament". Stattdessen schrieb er: "Dinge, die ich tun möchte, bevor ich sterbe".

Er hielt inne und dachte nach. Was wollte er wirklich? Was waren seine unerfüllten Träume, seine geheimen Wünsche?

Nach einigem Nachdenken begann er zu schreiben:

1. Nach Japan reisen und den Fuji besteigen

2. Ein Musikinstrument lernen (Klavier?)

3. Einen Marathon laufen

4. Einen Roman lesen, der mich zum Weinen bringt

5. Jemandem sagen, dass ich ihn/sie liebe

Sven starrte auf den letzten Punkt. Hatte er jemals jemandem gesagt, dass er ihn liebte? Seinen Eltern vielleicht, als Kind. Aber als Erwachsener? Er konnte sich nicht erinnern.

Er fügte weitere Punkte hinzu:

6. Unter dem Sternenhimmel schlafen

7. In einem See schwimmen

8. Einem Fremden helfen, ohne etwas dafür zu erwarten

9. Etwas erschaffen, das bleibt

10. Einen Tag lang so leben, als wäre es mein letzter

Die Liste wuchs, und mit jedem Punkt spürte Ben, wie sich etwas in ihm veränderte. Die lähmende Angst vor dem Tod wich einer neuen Emotion: Dringlichkeit. Nicht die panische Dringlichkeit, die ihn in den letzten Tagen angetrieben hatte, sondern eine ruhigere, zielgerichtetere Form der Motivation.

Wenn er tatsächlich sterben würde – ob in naher Zukunft oder in ferner –, dann wollte er nicht als der Mann in Erinnerung bleiben, der sein Leben damit verbracht hatte, auf den Tod zu warten. Er wollte als jemand in Erinnerung bleiben, der gelebt hatte.

Sven legte den Stift beiseite und betrachtete seine Liste. Sie war nicht vollständig, nicht durchdacht, aber sie war ein Anfang. Ein Schritt weg von der Angst und hin zu... etwas anderem. Etwas, das er noch nicht ganz benennen konnte.

Er gähnte und blickte auf die Uhr. Fast drei. Er sollte schlafen gehen. Morgen würde er die Stadtbibliothek besuchen, wie geplant. Aber nicht nur, um mehr über den Tod zu erfahren, sondern auch, um mehr über das Leben zu lernen.

Sven faltete die Liste sorgfältig und steckte sie in die Tasche seines Pyjamas. Dann ging er ins Badezimmer, um sich die Zähne zu putzen. Im Spiegel sah er ein Gesicht, das er kaum wiedererkannte. Müde, ja, aber auch irgendwie... wacher. Als hätte er etwas gesehen, das vorher verborgen war.

"Gute Nacht, Sven ", sagte er zu seinem Spiegelbild, wie er es jeden Abend tat. Aber diesmal klang es anders. Weniger wie ein Ritual und mehr wie ein Versprechen.

Als er im Bett lag, dachte er noch einmal an seine Liste. An all die Dinge, die er tun wollte. An all die Erfahrungen, die er noch machen könnte.

Und zum ersten Mal seit dem Joghurt-Vorfall schlief Sven Zimmermann ohne Angst ein.

Die Bibliothek des Endes

Die Stadtbibliothek von Berlin war ein beeindruckendes Gebäude aus der Gründerzeit, mit hohen Decken, kunstvollen Stuckverzierungen und endlosen Reihen von Bücherregalen. Sven Zimmermann hatte sie seit seinem Studium nicht mehr besucht. Damals war er hier gewesen, um Fachliteratur über Statistik und Versicherungsmathematik zu studieren. Heute suchte er nach etwas ganz anderem.

Er stand vor dem Informationsschalter und räusperte sich. "Entschuldigung, können Sie mir sagen, wo ich Bücher über... den Tod finde?"

Die Bibliothekarin, eine Frau mittleren Alters mit einer randlosen Brille und einem freundlichen Gesicht, blickte von ihrem Computerbildschirm auf. "Den Tod? Das ist ein weites Feld. Suchen Sie etwas Bestimmtes? Medizinische Literatur? Philosophie? Religion? Psychologie?"

Sven hatte nicht erwartet, dass es so viele Kategorien geben würde. "Eigentlich... alles davon", sagte er zögernd. "Ich interessiere mich für verschiedene Perspektiven."

Die Bibliothekarin nickte, als wäre dies eine völlig normale Anfrage. "Dann sollten Sie in mehreren Abteilungen suchen. Die medizinischen Bücher finden Sie im zweiten Stock, Regal 15 bis 17. Philosophie und Religion im ersten Stock, Regal 42 bis 48. Und Psychologie ebenfalls im ersten Stock, Regal 30 bis 35."

"Danke", sagte Sven und machte sich Notizen auf seinem Smartphone.

"Wenn Sie etwas Bestimmtes suchen, kann ich Ihnen auch helfen, es im Katalog zu finden", bot die Bibliothekarin an.

Sven überlegte. "Gibt es... gibt es Bücher über Nahtoderfahrungen? Wissenschaftliche, meine ich."

Die Bibliothekarin tippte etwas in ihren Computer. "Ja, wir haben mehrere. 'Leben nach dem Tod?' von Dr. Sam Parnia, 'Blick in die Ewigkeit' von Dr. Eben Alexander, 'Bewusstsein jenseits des Lebens' von Pim van Lommel... Soll ich Ihnen die Signaturen aufschreiben?"

"Ja, bitte", sagte Ben, überrascht von der Fülle an Material.

Die Bibliothekarin reichte ihm einen Zettel mit den Signaturen. "Die finden Sie alle im ersten Stock, Regal 33, Sektion C. Noch etwas?"

Sven zögerte. "Vielleicht... Bücher über die Angst vor dem Tod? Aus psychologischer Sicht?"

Wieder tippte die Bibliothekarin. "Da haben wir 'Vom Umgang mit der Angst' von Fritz Riemann, 'Die Kunst, keine Angst zu haben' von Nossrat Peseschkian und 'Endlichkeit und Ewigkeit' von Irvin D. Yalom. Soll ich die auch aufschreiben?"

"Ja, bitte."

Die wissenschaftliche Perspektive

Mit einer wachsenden Liste von Büchern machte sich Sven auf den Weg in den ersten Stock. Er begann bei der Psychologie-Abteilung und fand schnell die Bücher über Nahtoderfahrungen. Er nahm sie alle vom Regal und suchte sich einen ruhigen Platz an einem der Lesetische.

Das erste Buch, das er öffnete, war "Bewusstsein jenseits des Lebens" von Pim van Lommel, einem niederländischen Kardiologen, der eine umfangreiche Studie zu Nahtoderfahrungen durchgeführt hatte. Sven begann zu lesen und war sofort gefesselt.

Van Lommel beschrieb, wie er als Kardiologe mit Patienten konfrontiert wurde, die nach einer erfolgreichen Wiederbelebung von erstaunlichen Erfahrungen berichteten: Sie hatten das Gefühl, ihren Körper zu verlassen, schwebten über sich selbst und beobachteten die Wiederbelebungsmaßnahmen, durchquerten einen Tunnel, begegneten verstorbenen Angehörigen und erlebten ein überwältigendes Gefühl von Frieden und Liebe.

Was Sven besonders faszinierte, war die wissenschaftliche Herangehensweise des Autors. Van Lommel hatte eine prospektive Studie mit 344 Patienten durchgeführt, die einen

Herzstillstand überlebt hatten. 18 Prozent von ihnen berichteten von Nahtoderfahrungen. Und das Erstaunliche war: Diese Erfahrungen traten auf, während das EEG der Patienten eine Nulllinie zeigte – also zu einem Zeitpunkt, an dem nach gängiger medizinischer Auffassung keine Hirnaktivität mehr möglich war.

Sven runzelte die Stirn. Wie konnte das sein? Wenn das Gehirn nicht mehr funktionierte, wie konnten diese Menschen dann so komplexe, lebhafte Erfahrungen machen? Und noch erstaunlicher: Wie konnten sie Dinge wahrnehmen, die in ihrer Umgebung passierten, während sie klinisch tot waren?

Er las weiter und stieß auf van Lommels Hypothese: Das Bewusstsein existiere möglicherweise unabhängig vom Gehirn. Das Gehirn sei nicht der Erzeuger des Bewusstseins, sondern eher ein "Empfänger" – ähnlich wie ein Fernseher, der Signale empfängt, aber nicht erzeugt.

Sven lehnte sich zurück und dachte nach. Diese Idee widersprach allem, was er bisher über das Bewusstsein zu wissen glaubte. Als rationaler, wissenschaftlich denkender Mensch hatte er immer angenommen, dass das Bewusstsein ein Produkt des Gehirns sei – eine emergente Eigenschaft neuronaler Aktivität. Wenn das Gehirn stirbt, so seine Annahme, erlischt auch das Bewusstsein.

Aber was, wenn das nicht stimmte? Was, wenn das Bewusstsein tatsächlich unabhängig vom Gehirn existierte? Was würde das für den Tod bedeuten?

Sven griff nach dem nächsten Buch, "Blick in die Ewigkeit" von Dr. Eben Alexander. Alexander war Neurochirurg und selbsterklärter Skeptiker gewesen – bis er durch eine schwere Meningitis ins Koma fiel und eine tiefgreifende Nahtoderfahrung machte. Als Neurochirurg war er überzeugt gewesen, dass Nahtoderfahrungen lediglich Halluzinationen eines sterbenden Gehirns seien. Aber seine eigene Erfahrung, gepaart mit der Tatsache, dass sein Gehirn durch die Infektion so stark geschädigt war, dass es keine komplexen Halluzinationen hätte erzeugen können, ließ ihn seine Überzeugungen überdenken.

Sven war fasziniert. Hier war ein Mann der Wissenschaft, ein Experte für das Gehirn, der seine materialistischen Überzeugungen aufgrund seiner eigenen Erfahrung in Frage stellte. Das war mutig. Und beunruhigend.

Er blätterte weiter und las Alexanders Beschreibung seiner Jenseitsreise: eine wunderschöne, lebendige Welt voller Farben und Klänge, die er nie zuvor erlebt hatte. Eine Begegnung mit einem Wesen aus reinem Licht, das ihm bedingungslose Liebe entgegenbrachte. Und eine tiefe Erkenntnis: Der Tod ist nicht das Ende.

Sven schloss das Buch und starrte ins Leere. Diese Berichte waren so weit entfernt von seiner eigenen Weltsicht, von seinem Verständnis von Leben und Tod. Und doch... sie waren faszinierend. Tröstlich sogar, auf eine seltsame Weise.

Er griff nach dem dritten Buch, "Leben nach dem Tod?" von Dr. Sam Parnia. Parnia war Leiter der AWARE-Studie (AWAreness during REsuscitation), einer groß angelegten Untersuchung von Nahtoderfahrungen bei Patienten mit Herzstillstand. Was Sven besonders interessierte, war Parnias Versuch, die Realität außerkörperlicher Erfahrungen zu testen: In den Wiederbelebungsräumen wurden Bilder an der Decke angebracht, die nur jemand sehen konnte, der tatsächlich von oben auf die Szene blickte.

Die Ergebnisse waren gemischt. Einige Patienten berichteten tatsächlich von außerkörperlichen Erfahrungen, aber keiner hatte die versteckten Bilder gesehen. Allerdings, so Parnia, bedeute das nicht, dass die Erfahrungen nicht real seien. Es könnte sein, dass die Patienten sich nicht an die Bilder erinnerten oder dass ihre Wahrnehmung anders funktionierte als im normalen Bewusstseinszustand.

Sven legte auch dieses Buch beiseite und rieb sich die Augen. Er hatte stundenlang gelesen, und sein Kopf schwirrte vor neuen Informationen und Ideen. Er brauchte eine Pause.

Er stand auf und ging zum Fenster. Draußen war ein strahlend schöner Frühlingstag. Menschen spazierten durch den Park gegenüber der Bibliothek, Kinder spielten, Hunde tollten herum. Das Leben ging weiter, unbeeindruckt von seinen existenziellen Grübeleien.

Sven lächelte schwach. Vielleicht sollte er auch nach draußen gehen, die Sonne genießen, leben, anstatt über den Tod nachzudenken. Aber nein, er war noch nicht fertig. Er hatte noch mehr zu lernen.

Die philosophische Perspektive

Er kehrte zu seinem Tisch zurück und griff nach einem der Bücher über die Angst vor dem Tod: "Endlichkeit und Ewigkeit" von Irvin D. Yalom. Yalom war ein renommierter Psychiater und Psychotherapeut, der sich intensiv mit existenziellen Fragen auseinandergesetzt hatte.

Sven begann zu lesen und war sofort gefesselt von Yaloms klarer, einfühlsamer Sprache. Yalom argumentierte, dass die Angst vor dem Tod eine der grundlegendsten menschlichen Ängste sei – und dass sie oft hinter anderen psychischen Problemen stecke. Aber anstatt diese Angst zu verdrängen oder zu leugnen, plädierte Yalom dafür, sie bewusst anzunehmen und zu integrieren.

"Die Konfrontation mit der eigenen Sterblichkeit", schrieb Yalom, "kann paradoxerweise zu einem erfüllteren, authentischeren Leben führen. Wenn wir akzeptieren, dass unsere Zeit begrenzt ist, werden wir achtsamer für den Moment, dankbarer für das, was wir haben, und entschlossener, ein Leben zu führen, das unseren tiefsten Werten entspricht."

Sven hielt inne. Das erinnerte ihn an seine Liste – die Dinge, die er tun wollte, bevor er starb. War das der Beginn einer solchen Transformation? Hatte seine Angst vor dem Tod, so irrational sie auch sein mochte, ihn tatsächlich dazu gebracht, sein Leben zu überdenken?

Er las weiter und stieß auf ein Zitat des Philosophen Martin Heidegger: "Wenn wir den Tod als Möglichkeit antizipieren, werden wir frei für die eigentlichen Möglichkeiten unseres Daseins."

Sven dachte darüber nach. Vielleicht ging es nicht darum, die Angst vor dem Tod zu überwinden, sondern sie zu nutzen – als Katalysator für ein bewussteres, erfüllteres Leben.

Er blätterte weiter und las über verschiedene philosophische und religiöse Perspektiven auf den Tod. Die Stoiker, die den Tod als natürlichen Teil des Lebens betrachteten und Gelassenheit angesichts der Vergänglichkeit anstrebten. Die Epikureer, die argumentierten, dass der Tod nichts sei, was man fürchten müsse, da man ihn nie erleben werde: "Solange wir sind, ist der Tod nicht, und wenn der Tod ist, sind wir nicht mehr."

Die buddhistische Sichtweise faszinierte Sven besonders: die Idee, dass das, was wir als "Selbst" betrachten, eine Illusion sei – ein ständig wechselnder Strom von Gedanken, Gefühlen und Wahrnehmungen ohne festen Kern. Wenn es kein permanentes Selbst gebe, was sterbe dann eigentlich?

Sven lehnte sich zurück und ließ all diese neuen Ideen auf sich wirken. Sie waren so weit entfernt von seinem bisherigen Denken, von seiner Welt aus Zahlen, Wahrscheinlichkeiten und messbaren Fakten. Und doch... sie berührten etwas in ihm. Eine Sehnsucht nach Sinn, nach Verbindung, nach etwas, das über das Materielle hinausging.

Die menschliche Perspektive

Er stand auf und ging zu den Regalen zurück, um die Bücher zurückzustellen. Dabei fiel sein Blick auf ein anderes Buch: "Die Weisheit des Todes: Was Sterbende uns über das Leben lehren" von Elisabeth Kübler-Ross. Er nahm es vom Regal und blätterte darin.

Kübler-Ross war eine Pionierin der Sterbeforschung, die Tausende von Sterbenden begleitet und interviewt hatte. Was Sven besonders berührte, war ihre Beobachtung, dass Menschen am Ende ihres Lebens selten bereuten, nicht mehr gearbeitet oder mehr Geld verdient zu haben. Was sie bereuten, war, dass sie nicht den Mut gehabt hatten, ihr eigenes Leben zu leben, statt das Leben, das andere von ihnen erwarteten. Dass sie ihre Gefühle nicht ausgedrückt hatten. Dass sie den Kontakt zu Freunden verloren hatten. Dass sie sich nicht erlaubt hatten, glücklicher zu sein.

Sven schluckte. Diese Worte trafen ihn tief. War das nicht genau sein Problem? Hatte er nicht sein ganzes Leben damit verbracht, Erwartungen zu erfüllen – die seiner Eltern, seiner Lehrer, seiner Arbeitgeber, der Gesellschaft? Hatte er jemals innegehalten und sich gefragt, was er wirklich wollte?

Er dachte an seine Liste. Sie war ein Anfang. Ein erster, zaghafter Versuch, sein eigenes Leben zu leben, seine eigenen Wünsche zu artikulieren. Aber es gab noch so viel mehr zu entdecken, so viel mehr zu erleben.

Sven stellte das Buch zurück ins Regal, aber nicht, ohne sich den Titel zu notieren. Er würde es später kaufen und gründlicher lesen.

Mit einem letzten Blick auf die Bücherregale verließ er die Psychologie-Abteilung und ging hinüber zur Religionsabteilung. Hier fand er Bücher über die Jenseitsvorstellungen verschiedener Kulturen und Religionen: die christliche Idee von Himmel und Hölle, die hinduistische und buddhistische Vorstellung von Reinkarnation, die jüdische Konzeption der "Welt, die kommt", die islamische Vision von Paradies und Höllenfeuer.

Was Sven faszinierte, waren die Gemeinsamkeiten zwischen diesen scheinbar so unterschiedlichen Traditionen: die Idee, dass das, was wir tun, Konsequenzen hat, die über unser physisches Leben hinausreichen. Die Vorstellung, dass es eine Form von Gerechtigkeit gibt, die vielleicht nicht in diesem Leben, aber in irgendeiner Form von "Danach" verwirklicht wird. Und vor allem: die Hoffnung, dass der Tod nicht das Ende ist.

Sven war kein religiöser Mensch. Er war mit einer vagen, kulturellen Form des Christentums aufgewachsen, hatte aber nie wirklich geglaubt. Doch jetzt, konfrontiert mit seiner eigenen Sterblichkeit (ob real oder eingebildet), fand er diese alten Geschichten und Vorstellungen seltsam tröstlich. Nicht weil er plötzlich an sie glaubte, sondern weil sie zeigten, dass Menschen zu allen Zeiten und an allen Orten mit denselben existenziellen Fragen gerungen hatten wie er.

Er war nicht allein mit seiner Angst, seiner Verwirrung, seiner Sehnsucht nach Sinn.

Sven verließ die Religionsabteilung und ging hinauf in den zweiten Stock, zur medizinischen Literatur. Hier fand er Bücher über die Physiologie des Sterbens, über Palliativmedizin, über die neuesten Fortschritte in der Wiederbelebungstechnik.

Er las über die verschiedenen Definitionen des Todes: den Herz-Kreislauf-Tod (wenn Herz und Atmung aufhören), den Hirntod (wenn alle Funktionen des Gehirns irreversibel erloschen sind) und den zellulären Tod (wenn die Zellen des Körpers absterben). Er erfuhr, dass diese Prozesse nicht gleichzeitig ablaufen – dass ein Mensch nach gängiger medizinischer Definition "tot" sein kann, während einzelne Organe und Zellen noch leben.

Diese Erkenntnis war seltsam beruhigend. Der Tod war kein plötzlicher Übergang von einem Zustand in einen anderen, sondern ein Prozess. Ein allmähliches Erlöschen. Und wenn der Tod ein Prozess war, dann gab es vielleicht auch einen Prozess danach – etwas, das die Wissenschaft noch nicht verstanden hatte.

Sven blickte auf die Uhr und war überrascht zu sehen, dass es bereits nach 18 Uhr war. Die Bibliothek würde bald schließen. Er hatte den ganzen Tag hier verbracht, lesend, lernend, nachdenkend.

Er sammelte seine Notizen zusammen und ging zurück zum Informationsschalter. Die Bibliothekarin war noch da, jetzt damit beschäftigt, Bücher zu sortieren.

"Haben Sie gefunden, was Sie gesucht haben?", fragte sie freundlich.

Sven lächelte. "Ja und nein. Ich habe viel gelernt, aber auch viele neue Fragen."

Die Bibliothekarin nickte verständnisvoll. "So ist das oft mit den großen Themen. Je mehr man weiß, desto mehr merkt man, wie wenig man weiß."

"Genau", sagte Ben. "Aber ich werde wiederkommen. Es gibt noch so viel mehr zu entdecken."

"Die Bibliothek steht Ihnen immer offen", sagte sie. "Und wenn Sie Hilfe brauchen, fragen Sie einfach."

Sven bedankte sich und verließ die Bibliothek. Draußen war die Sonne bereits untergegangen, und die Straßenlaternen warfen ihr warmes Licht auf die Straßen. Er fühlte sich seltsam leicht, trotz – oder vielleicht gerade wegen – all der schweren Themen, mit denen er sich den Tag über beschäftigt hatte.

Er hatte keine endgültigen Antworten gefunden. Keine Gewissheit darüber, was nach dem Tod kam oder ob seine Angst begründet war. Aber er hatte etwas anderes gefunden: die Erkenntnis, dass er nicht der Erste war, der diese Fragen stellte. Dass Menschen seit Jahrtausenden mit denselben Ängsten, denselben Hoffnungen, denselben Sehnsüchten lebten und starben.

Und irgendwie machte das alles ein bisschen weniger beängstigend.

Sven holte sein Smartphone heraus und öffnete seine Liste: "Dinge, die ich tun möchte, bevor ich sterbe". Er fügte einen neuen Punkt hinzu: "Mehr lesen – nicht nur über Statistik".

Mission Todvermeidung

Sven Zimmermann erwachte am nächsten Morgen mit einem seltsamen Gefühl. Es war nicht die lähmende Angst der vergangenen Tage, sondern etwas anderes – eine Art zielgerichtete Energie, ein Tatendrang. Er hatte einen Plan.

Nach seinem Besuch in der Bibliothek und all der Lektüre über den Tod, über Nahtoderfahrungen und über die verschiedenen philosophischen und religiösen Perspektiven auf das Sterben, hatte er eine Entscheidung getroffen: Er würde nicht passiv auf sein vermeintliches Ende warten. Er würde aktiv werden. Er würde seine "Mission Todvermeidung" starten.

Sven stand auf, duschte und zog sich an – nicht in seine übliche Arbeitskleidung, denn er hatte sich für heute krankgemeldet, sondern in Jeans und ein bequemes T-Shirt. Dann setzte er sich an seinen Küchentisch, holte sein Notizbuch hervor und begann zu schreiben.

"Mission Todvermeidung: Strategischer Plan"

Er lächelte über die Überschrift. Es klang ein wenig melodramatisch, aber das war in Ordnung. Diese Sache war wichtig.

Der strategische Ansatz

Unter der Überschrift notierte er verschiedene Kategorien:

1. Körperliche Gesundheit

2. Mentale Gesundheit

3. Spirituelles Wohlbefinden

4. Soziale Verbindungen

5. Lebenssinn und Zweck

Für jede Kategorie begann er, konkrete Maßnahmen aufzulisten.

Unter "Körperliche Gesundheit" schrieb er:

— Vollständiger Gesundheitscheck (nicht bei Dr. Weiß, sondern bei einem Spezialisten)

— Regelmäßige Bewegung (täglich mindestens 30 Minuten)

— Ausgewogene Ernährung (mehr Gemüse, weniger verarbeitete Lebensmittel)

— Ausreichend Schlaf (7-8 Stunden pro Nacht)

— Stressreduktion (Meditation, Atemübungen)

Unter "Mentale Gesundheit" notierte er:

- Achtsamkeitspraxis entwickeln

- Journaling (tägliche Reflexion über Gedanken und Gefühle)

- Weniger Nachrichten konsumieren

- Mehr Natur erleben

- Kreative Aktivitäten ausprobieren

Bei "Spirituelles Wohlbefinden" zögerte er. Er war nie besonders spirituell gewesen. Aber nach seiner Lektüre in der Bibliothek war er offen für neue Perspektiven. Er schrieb:

- Meditation erkunden

- Philosophische Texte lesen

- Verschiedene spirituelle Traditionen kennenlernen

- Dankbarkeit praktizieren

Unter "Soziale Verbindungen" wurde er nachdenklich. Hier lag vielleicht seine größte Schwäche. Er hatte sich in den letzten Jahren zunehmend isoliert, hatte Freundschaften vernachlässigt, sich auf seine Arbeit konzentriert. Er notierte:

- Kontakt zu alten Freunden wiederherstellen

- Neue soziale Aktivitäten ausprobieren (Kurse, Vereine)

- Mehr Zeit mit Familie verbringen

– Tiefere Gespräche führen, nicht nur Smalltalk

Schließlich, unter "Lebenssinn und Zweck", schrieb er:

– Liste "Dinge, die ich tun möchte, bevor ich sterbe" umsetzen

– Möglichkeiten für ehrenamtliches Engagement erkunden

– Über berufliche Neuorientierung nachdenken

– Kreatives Schreiben ausprobieren

Sven lehnte sich zurück und betrachtete seinen Plan. Es war ambitioniert, vielleicht zu ambitioniert. Aber er fühlte sich gut damit. Zum ersten Mal seit dem Joghurt-Vorfall hatte er das Gefühl, die Kontrolle zurückzugewinnen – nicht über den Tod, der letztlich unkontrollierbar war, sondern über sein Leben.

Er beschloss, sofort mit der Umsetzung zu beginnen. Der erste Punkt auf seiner Liste war ein vollständiger Gesundheitscheck. Er öffnete seinen Laptop und begann zu recherchieren. Er wollte nicht zu irgendeinem Arzt gehen, sondern zu einem Spezialisten für präventive Medizin, jemanden, der einen ganzheitlichen Ansatz verfolgte.

Nach einiger Recherche stieß er auf das "Zentrum für Integrative Medizin" in Berlin-Mitte. Die Klinik bot umfassende Gesundheitschecks an, die nicht nur Standard-Bluttests und körperliche Untersuchungen umfassten, sondern auch Analysen des Mikrobioms, genetische Tests, Hormontests und Beratung zu Ernährung und Lebensstil.

Es klang perfekt. Sven rief an und vereinbarte einen Termin für den nächsten Tag. Die Kosten waren beträchtlich – 1.200 Euro für den umfassenden Check – aber das war es ihm wert. Wenn es um seine Gesundheit ging, wollte er keine Kompromisse eingehen.

Als Nächstes wandte er sich dem Punkt "Regelmäßige Bewegung" zu. Er hatte seit Jahren keinen Sport mehr getrieben, abgesehen von gelegentlichen Spaziergängen. Es war an der Zeit, das zu ändern.

Sven recherchierte verschiedene Fitnessstudios in seiner Nähe, aber keines sprach ihn wirklich an. Die Vorstellung, zwischen schwitzenden Körperbuildern zu trainieren, war nicht besonders verlockend. Dann stieß er auf einen Artikel über die Vorteile des Laufens: Es war einfach, kostenlos, konnte überall praktiziert werden und hatte nachweislich positive Auswirkungen auf die körperliche und mentale Gesundheit.

Laufen. Das könnte er tun. Er hatte sogar noch Laufschuhe, irgendwo hinten im Schrank, ein Überbleibsel aus einer kurzen Phase der Selbstoptimierung vor ein paar Jahren.

Sven stand auf, ging ins Schlafzimmer und durchwühlte seinen Schrank. Tatsächlich, da waren sie: ein Paar kaum getragene Laufschuhe der Marke Nike. Er zog sie an, zusammen mit einer Jogginghose und einem T-Shirt, das er normalerweise nur zu Hause trug.

Er fühlte sich seltsam in dieser Aufmachung, wie ein Schauspieler in einem Stück über einen Sportler. Aber das war in Ordnung. Er musste irgendwo anfangen.

Sven verließ seine Wohnung und ging zum nahegelegenen Park. Es war ein schöner Frühlingstag, die Sonne schien, Vögel zwitscherten. Perfektes Laufwetter, wie er vermutete.

Er begann langsam, mit einem gemächlichen Jogging-Tempo. Schon nach wenigen Minuten spürte er, wie sein Atem schwerer wurde, wie sein Herz schneller schlug. Er war wirklich außer Form.

Aber er gab nicht auf. Er verlangsamte sein Tempo noch mehr, bis es kaum mehr als schnelles Gehen war, und setzte seinen Weg fort. Der Park war voller Menschen – Mütter mit Kinderwagen, ältere Paare auf Bänken, andere Jogger, die mühelos an ihm vorbeizogen.

Sven ignorierte sie alle und konzentrierte sich auf seinen eigenen Rhythmus. Einen Fuß vor den anderen. Atmen. Weitermachen.

Nach etwa zwanzig Minuten musste er eine Pause einlegen. Er setzte sich auf eine Bank und versuchte, seinen Atem zu beruhigen. Sein T-Shirt war schweißdurchtränkt, seine Waden schmerzten. Aber seltsamerweise fühlte er sich gut. Lebendig.

Er blickte auf sein Smartphone und öffnete eine Fitness-App, die er gerade heruntergeladen hatte. Sie zeigte ihm, dass er 1,8 Kilometer zurückgelegt hatte. Nicht beeindruckend für einen erfahrenen Läufer, aber für ihn, für den ersten Tag, war es ein Anfang.

Die Transformation beginnt

Sven stand auf und machte sich auf den Rückweg zu seiner Wohnung, diesmal im Gehen. Er würde es langsam angehen, seinen Körper nicht überfordern. Morgen würde er wieder laufen, vielleicht ein bisschen länger. Und übermorgen wieder. Schritt für Schritt würde er seine Ausdauer aufbauen.

Zurück in seiner Wohnung duschte er und zog sich frische Kleidung an. Dann wandte er sich dem nächsten Punkt auf seiner Liste zu: "Ausgewogene Ernährung".

Sven öffnete seinen Kühlschrank und musterte den Inhalt kritisch. Fertiggerichte, Tiefkühlpizza, ein paar Äpfel, die schon bessere Tage gesehen hatten, und natürlich Joghurt – obwohl er seit dem Vorfall keinen mehr gegessen hatte.

Es war Zeit für einen Neuanfang. Sven nahm sein Smartphone und bestellte einen Lieferservice für Bio-Lebensmittel. Er wählte frisches Gemüse, Obst, Vollkornprodukte, mageres Protein und gesunde Fette. Es war teurer als sein üblicher Einkauf, aber auch das war es wert.

Während er auf die Lieferung wartete, wandte er sich dem nächsten Punkt zu: "Stressreduktion". Er hatte über Meditation gelesen, sowohl in der Bibliothek als auch online, und war neugierig, es auszuprobieren.

Sven lud eine Meditations-App herunter und wählte eine geführte Meditation für Anfänger. Er setzte sich auf sein Sofa, schloss die Augen und folgte den Anweisungen der sanften Stimme aus der App.

"Atme tief ein... und aus... Spüre, wie dein Körper sich mit jedem Atemzug entspannt... Lass deine Gedanken kommen und gehen, ohne dich an sie zu klammern..."

Es war schwieriger, als er erwartet hatte. Sein Geist wanderte ständig ab, zu seiner To-Do-Liste, zu seiner Arbeit, zu seiner Angst vor dem Tod. Aber jedes Mal, wenn er es bemerkte, brachte er seine Aufmerksamkeit sanft zurück zum Atem, wie die App es vorschlug.

Nach zehn Minuten öffnete er die Augen. Er fühlte sich nicht erleuchtet oder tiefgreifend verändert, aber ein wenig ruhiger, ein wenig zentrierter. Es war ein Anfang.

Die Türklingel läutete – seine Lebensmittellieferung war da. Sven nahm die Kisten entgegen und begann, die frischen Produkte in seinem Kühlschrank und seinen Schränken zu verstauen. Es fühlte sich gut an, seinen Lebensraum mit gesunden, lebendigen Dingen zu füllen.

Dann machte er sich daran, sein erstes selbst zubereitetes, gesundes Mittagessen seit langem zu kochen: ein Quinoa-Salat mit geröstetem Gemüse, Avocado und einem Dressing aus Olivenöl und Zitrone. Es war einfach, aber lecker, und Sven genoss jedes Bisschen davon, bewusst und achtsam, wie er es in einem Artikel über Achtsamkeit gelesen hatte.

Nach dem Essen wandte er sich dem Bereich "Mentale Gesundheit" zu. Er hatte beschlossen, mit dem Journaling zu beginnen. Er nahm ein leeres Notizbuch und begann zu schreiben, frei und ohne Zensur, über seine Gedanken, seine Gefühle, seine Ängste und Hoffnungen.

"Ich habe Angst vor dem Tod", schrieb er. "Aber vielleicht habe ich noch mehr Angst davor, nicht wirklich gelebt zu haben. Ich habe mein Leben in Routinen und Berechnungen verbracht, habe Risiken vermieden, bin auf der sicheren Seite geblieben.

Aber was hat es mir gebracht? Sicherheit, ja. Aber auch Erfüllung? Freude? Bedeutung? Ich bin nicht sicher.

Der Joghurt-Vorfall, so lächerlich er auch erscheinen mag, hat etwas in mir ausgelöst. Eine Erkenntnis, dass das Leben kostbar und endlich ist. Dass ich keine Zeit zu verschwenden habe. Dass ich anfangen muss zu leben, wirklich zu leben, nicht nur zu existieren.

Ich weiß nicht, ob meine Vorahnung real ist oder nur eine Projektion meiner Ängste. Aber in gewisser Weise spielt das keine Rolle. Denn die Wahrheit ist: Wir alle werden eines Tages sterben. Die Frage ist nur, wie wir bis dahin leben."

Sven hielt inne und las, was er geschrieben hatte. Es war ehrlicher, als er erwartet hatte. Verletzlicher. Aber es fühlte sich richtig an.

Er klappte das Notizbuch zu und wandte sich dem nächsten Punkt auf seiner Liste zu: "Soziale Verbindungen". Dies war vielleicht der schwierigste Teil seines Plans. Sven war nie besonders gesellig gewesen, hatte sich in den letzten Jahren zunehmend zurückgezogen. Aber er wusste, dass soziale Isolation ein Risikofaktor für fast alle Gesundheitsprobleme war, von Herzkrankheiten bis hin zu Depressionen.

Er öffnete sein Adressbuch und scrollte durch die Kontakte. Da war Thomas aus dem Büro, mit dem er gelegentlich zu Mittag aß. Ein paar ehemalige Studienkollegen, mit denen er seit Jahren nicht mehr gesprochen hatte. Seine Eltern, seine Schwester in Kanada.

Sven zögerte, dann wählte er die Nummer seiner Eltern. Es war zu lange her, seit er sie das letzte Mal angerufen hatte, ohne dass ein besonderer Anlass wie Weihnachten oder ein Geburtstag vorlag.

Seine Mutter nahm nach dem dritten Klingeln ab. " Sven ? Ist alles in Ordnung?"

Die Sorge in ihrer Stimme traf ihn. War es wirklich so ungewöhnlich, dass er anrief?

"Ja, Mama, alles gut", sagte er. "Ich wollte nur... hören, wie es euch geht."

"Oh." Sie klang überrascht, aber erfreut. "Uns geht es gut. Dein Vater ist im Garten, er pflanzt Tomaten. Und ich habe gerade einen neuen Strickkurs angefangen. Aber erzähl, wie geht es dir? Wie ist die Arbeit?"

Sven zögerte. Sollte er ihr von seiner Angst erzählen? Von dem Joghurt? Von seiner "Mission Todvermeidung"? Nein, das würde sie nur beunruhigen.

"Mir geht es gut", sagte er stattdessen. "Die Arbeit ist... die Arbeit eben. Aber ich habe angefangen zu laufen. Und gesünder zu essen."

"Das ist ja wunderbar, Sven !" Seine Mutter klang aufrichtig erfreut. "Weißt du, dein Vater und ich machen jeden Morgen einen Spaziergang. Es hält uns fit."

Sie plauderten noch eine Weile, über dies und das, nichts Besonderes, aber es fühlte sich gut an. Warm. Verbindend. Sven versprach, bald zu Besuch zu kommen, und meinte es ernst.

Nach dem Telefonat fühlte er sich seltsam emotional. Er hatte nicht realisiert, wie sehr er den Kontakt zu seinen Eltern vermisst hatte. Wie sehr er sich nach dieser einfachen, bedingungslosen Liebe gesehnt hatte.

Sven blickte auf seine Liste und auf die Uhr. Es war erst früher Nachmittag, und er hatte bereits mehrere Punkte seines Plans in Angriff genommen. Er fühlte sich produktiv, zielgerichtet, lebendig.

Als Nächstes wandte er sich dem Bereich "Lebenssinn und Zweck" zu. Er holte seine Liste "Dinge, die ich tun möchte, bevor ich sterbe" hervor und betrachtete den ersten Punkt: "Nach Japan reisen und den Fuji besteigen".

Japan. Er hatte schon immer dorthin reisen wollen, fasziniert von der Mischung aus alter Tradition und moderner Technologie, von der Ästhetik der Einfachheit, von der Tiefe der Zen-Philosophie. Aber er hatte es immer aufgeschoben, aus verschiedenen Gründen – zu teuer, zu weit weg, zu wenig Urlaub, zu viel Arbeit.

Jetzt erschienen ihm diese Gründe fadenscheinig. Was war schon Geld im Vergleich zu Erfahrungen? Was war Arbeit im Vergleich zu Leben?

Sven öffnete seinen Laptop und begann zu recherchieren. Die beste Reisezeit für Japan, die Besteigung des Fuji, Unterkünfte, Flüge. Er war überrascht, wie viel Freude ihm diese Planung bereitete, wie sehr sie ihn mit Vorfreude und Aufregung erfüllte.

Nach einer Stunde intensiver Recherche hatte er einen groben Plan: Er würde im Juli reisen, während der offiziellen Klettersaison für den Fuji. Er würde zwei Wochen in Japan verbringen, beginnend in Tokio, dann weiter nach Kyoto, mit einem Abstecher zum Fuji dazwischen. Er würde in traditionellen Ryokans übernachten, in heißen Quellen baden, Zen-Gärten besuchen, authentisches japanisches Essen probieren.

Sven speicherte seine Rechercheergebnisse und machte sich eine Notiz, morgen mit seinem Chef über Urlaub zu sprechen. Es würde nicht einfach sein, zwei Wochen freizubekommen, besonders in der Hochsaison, aber er würde darauf bestehen. Dies war wichtig.

Er lehnte sich zurück und blickte auf seinen Fortschritt. Es war erst ein Tag seiner "Mission Todvermeidung", und schon hatte er so viel erreicht, so viel in Bewegung gesetzt. Es fühlte sich gut an. Richtig.

Sven stand auf und ging zum Fenster. Die Sonne stand tief am Himmel, tauchte die Stadt in goldenes Licht. Menschen eilten nach Hause von der Arbeit, Kinder spielten im Park, Vögel flogen am Himmel. Das Leben ging weiter, in all seiner Schönheit und Banalität.

Und zum ersten Mal seit dem Joghurt-Vorfall fühlte Sven keine Angst, wenn er daran dachte, Teil dieses Lebens zu sein. Stattdessen fühlte er Dankbarkeit. Und Entschlossenheit, jeden Moment davon zu nutzen.

Er wandte sich von Fenster ab und ging zurück zu seinem Schreibtisch. Es gab noch so viel zu tun, so viel zu planen, so viel zu erleben. Seine Mission hatte gerade erst begonnen.

Das Haus des Lächelns

Eine Woche war vergangen, seit Sven Zimmermann seine "Mission Todvermeidung" gestartet hatte. Eine Woche voller neuer Erfahrungen, kleiner Erfolge und überraschender Erkenntnisse. Er war jeden Morgen gelaufen, hatte gesund gegessen, meditiert, in seinem Journal geschrieben und sogar seinen Japanurlaub gebucht – für Juli, in zwei Monaten.

Der umfassende Gesundheitscheck im Zentrum für Integrative Medizin hatte keine besorgniserregenden Ergebnisse gezeigt. Sein Cholesterinspiegel war leicht erhöht, seine Vitamin-D-Werte etwas niedrig, aber ansonsten war er, wie Dr. Weiß es bereits festgestellt hatte, körperlich gesund. Der Arzt hatte ihm Nahrungsergänzungsmittel und einige Ernährungsumstellungen empfohlen, aber keinen Grund zur Sorge gesehen.

Sven hatte sich gleichzeitig erleichtert und seltsam enttäuscht gefühlt. Erleichtert, weil er offenbar nicht an einer unentdeckten tödlichen Krankheit litt. Enttäuscht, weil die Ergebnisse seine Joghurt-Theorie weiter untergruben. Wenn er körperlich gesund war, was bedeutete dann seine Vorahnung?

Aber er hatte beschlossen, nicht mehr so viel darüber nachzudenken. Stattdessen konzentrierte er sich auf seinen Plan, auf die Verbesserung seines Lebens in all seinen Aspekten. Und heute stand ein wichtiger Punkt auf seiner Liste: "Soziale Verbindungen stärken".

Sven hatte recherchiert und war auf eine Idee gestoßen, die ihn gleichzeitig faszinierte und ängstigte: Freiwilligenarbeit in einem Hospiz. Es war ein radikaler Schritt für jemanden, der den Tod fürchtete, sich bewusst mit Sterbenden zu umgeben. Aber genau das machte es so verlockend. Wenn er seine Angst überwinden wollte, musste er ihr ins Auge sehen.

Die erste Begegnung

Und so stand er nun vor dem "Haus des Lächelns", einem Hospiz am Stadtrand von Berlin. Der Name hatte ihn zunächst irritiert – wie konnte ein Ort, an dem Menschen starben, "Haus des Lächelns" heißen? Es klang fast zynisch. Aber als er mehr über die Philosophie des Hospizes gelesen hatte, begann er zu verstehen. Es ging nicht darum, den Tod zu leugnen oder zu beschönigen, sondern darum, die verbleibende Zeit so lebenswert und würdevoll wie möglich zu gestalten.

Sven holte tief Luft und betrat das Gebäude. Er hatte einen Termin mit der Leiterin, Sophie Berger, um über Möglichkeiten des freiwilligen Engagements zu sprechen.

Die Rezeption war hell und freundlich gestaltet, mit warmen Farben, bequemen Sitzgelegenheiten und frischen Blumen. Es sah nicht aus wie eine medizinische Einrichtung, eher wie ein gemütliches Hotel oder ein Wohnzimmer.

"Guten Tag, kann ich Ihnen helfen?", fragte die Frau am Empfang mit einem freundlichen Lächeln.

"Ja, ich habe einen Termin mit Frau Berger. Mein Name ist Sven Zimmermann."

"Ah, Herr Schreiber. Frau Berger erwartet Sie bereits. Folgen Sie mir bitte."

Die Frau führte ihn durch einen lichtdurchfluteten Korridor. An den Wänden hingen Kunstwerke – keine düsteren Gemälde, sondern farbenfrohe, lebendige Bilder. Durch offene Türen konnte Sven Blicke in die Zimmer der Bewohner erhaschen. Auch sie waren individuell und wohnlich eingerichtet, mit persönlichen Gegenständen, Fotos, Büchern.

Sie erreichten ein Büro am Ende des Korridors. Die Tür stand offen, und eine Frau mittleren Alters mit kurzen, grauen Haaren und einer auffälligen, bunten Brille blickte auf, als sie eintraten.

"Herr Schreiber? Kommen Sie herein! Ich bin Sophie Berger."

Sie stand auf und reichte ihm die Hand. Ihr Händedruck war fest und warm, ihre Augen strahlten eine Mischung aus Intelligenz und Herzlichkeit aus.

"Setzen Sie sich. Möchten Sie einen Kaffee? Oder Tee?"

"Kaffee wäre gut, danke", sagte Sven und nahm in einem der bequemen Sessel Platz.

Frau Berger goss ihm eine Tasse ein und setzte sich ihm gegenüber. "Also, Herr Schreiber, Sie interessieren sich für eine freiwillige Tätigkeit bei uns. Was hat Sie dazu bewogen?"

Sven hatte sich diese Frage gestellt und verschiedene Antworten vorbereitet. Er könnte sagen, dass er etwas zurückgeben wollte. Oder dass er nach einer sinnvollen Freizeitbeschäftigung suchte. Beides wäre nicht gelogen. Aber es wäre auch nicht die ganze Wahrheit.

"Ich habe Angst vor dem Tod", sagte er schließlich. "Und ich dachte, wenn ich mich ihm stelle, könnte ich diese Angst vielleicht überwinden."

Er erwartete, dass Frau Berger überrascht oder irritiert sein würde. Stattdessen nickte sie, als wäre dies die vernünftigste Antwort der Welt.

"Das ist ein guter Grund", sagte sie. "Viele unserer Freiwilligen kommen aus ähnlichen Motiven. Die Konfrontation mit dem Tod kann tatsächlich helfen, die Angst davor zu reduzieren. Aber ich muss Sie warnen: Es ist keine magische Lösung. Der Tod bleibt ein Mysterium, und ein gewisses Maß an Respekt – oder ja, auch Angst – davor ist völlig normal."

Sven war erleichtert über ihre Reaktion. "Ich verstehe. Ich erwarte keine Wunder. Aber ich hoffe, etwas zu lernen. Über den Tod, aber vielleicht auch über das Leben."

Frau Berger lächelte. "Das werden Sie mit Sicherheit. Unsere Bewohner sind erstaunliche Lehrer. Sie haben nicht mehr viel Zeit, also verschwenden sie keine mit Oberflächlichkeiten. Sie sprechen über das, was wirklich zählt."

Sie nahm einen Schluck von ihrem eigenen Kaffee. "Erzählen Sie mir ein bisschen über sich, Herr Schreiber. Was machen Sie beruflich?"

"Ich bin Aktuar bei einer Versicherungsgesellschaft", antwortete Ben. "Ich berechne Risiken, erstelle Statistiken, entwickle Versicherungstarife."

"Ah, ein Zahlenmensch also. Das ist interessant. Wir haben hier viele verschiedene Freiwillige – Künstler, Lehrer, Handwerker, Studenten. Aber ich glaube, Sie sind unser erster Aktuar."

Sie lächelte wieder, und Sven konnte nicht anders, als zurückzulächeln. Es war etwas an Frau Berger, das sofort Vertrauen erweckte. Eine Authentizität, eine Präsenz, die er selten erlebt hatte.

"Haben Sie schon eine Vorstellung, wie Sie sich engagieren möchten?", fragte sie. "Wir haben verschiedene Möglichkeiten. Einige Freiwillige leisten Gesellschaft, führen Gespräche, lesen vor. Andere helfen bei praktischen Dingen – Einkäufe erledigen, Blumen gießen, kleine Reparaturen durchführen. Wieder andere unterstützen uns bei Veranstaltungen oder administrativen Aufgaben."

Sven hatte darüber nachgedacht. "Ich würde gerne mit den Bewohnern sprechen, ihnen zuhören. Ich bin nicht besonders handwerklich begabt, und bei Veranstaltungen bin ich eher... zurückhaltend. Aber ich kann gut zuhören."

"Das ist eine wertvolle Fähigkeit", sagte Frau Berger ernst. "Viele Menschen können das nicht. Sie reden lieber, als zuzuhören. Besonders wenn es um schwierige Themen geht wie den Tod."

Sie stand auf. "Lassen Sie mich Ihnen die Einrichtung zeigen und Sie einigen unserer Bewohner vorstellen. Dann bekommen Sie einen besseren Eindruck davon, was Sie erwartet."

Sven folgte ihr durch das Hospiz. Es gab einen Gemeinschaftsraum mit bequemen Sofas und einem Klavier, eine kleine Bibliothek, einen Wintergarten voller Pflanzen und sogar einen Meditationsraum. Überall waren Menschen – Bewohner in verschiedenen Stadien ihrer Erkrankungen, Angehörige, Pflegepersonal, andere Freiwillige.

Was Sven am meisten überraschte, war die Atmosphäre. Er hatte Trauer erwartet, Schwere, Stille. Stattdessen hörte er Lachen, Gespräche, sogar Musik. Es war ein Ort des Lebens, nicht des Todes.

"Die meisten Menschen haben falsche Vorstellungen von Hospizen", erklärte Frau Berger, als hätte sie seine Gedanken gelesen. "Sie denken, es sind traurige, düstere Orte, wo Menschen hingehen, um zu sterben. Aber das stimmt nicht. Unsere Bewohner kommen hierher, um zu leben – so gut und so erfüllt wie möglich, bis zum Ende."

Sie betraten ein Zimmer, in dem eine ältere Frau im Bett lag. Sie war dünn, ihr Gesicht von der Krankheit gezeichnet, aber ihre Augen waren wach und klar.

"Frau Huber, darf ich Ihnen Herrn Schreiber vorstellen? Er interessiert sich für eine freiwillige Tätigkeit bei uns."

Die alte Frau musterte Sven mit einem durchdringenden Blick. "Noch ein junger Mensch, der dem Tod ins Auge sehen will, hm? Kommen Sie näher, junger Mann. Ich beiße nicht. Jedenfalls nicht mehr, seit sie mir die dritten Zähne weggenommen haben."

Sie lachte über ihren eigenen Witz, und Sven konnte nicht anders, als mitzulachen. Er trat näher und setzte sich auf den Stuhl neben ihrem Bett.

"Was führt Sie hierher?", fragte Frau Huber direkt. "Die meisten Menschen in Ihrem Alter meiden Orte wie diesen wie die Pest. Keine Sorge, Sie können ehrlich sein. In meinem Alter schätzt man Ehrlichkeit mehr als Höflichkeit."

Sven zögerte, dann entschied er sich für die Wahrheit. "Ich habe Angst vor dem Tod. Und ich dachte, wenn ich Menschen kennenlerne, die ihm nahe sind, könnte ich diese Angst vielleicht besser verstehen. Oder überwinden."

Frau Huber nickte anerkennend. "Eine gute Antwort. Besser als 'Ich will etwas Gutes tun' oder 'Ich suche nach dem Sinn des Lebens'. Nicht dass das schlechte Gründe wären, aber Ihre Ehrlichkeit gefällt mir."

Sie lehnte sich zurück und betrachtete ihn. "Wissen Sie, junger Mann, ich hatte auch Angst vor dem Tod. Die meiste Zeit meines Lebens. Ich habe mir Sorgen gemacht, wie es sein würde, was danach kommt, ob es wehtun würde. All diese Dinge, die man sich eben fragt."

"Und jetzt?", fragte Sven leise. "Haben Sie immer noch Angst?"

Frau Huber dachte einen Moment nach. "Nein", sagte sie schließlich. "Nicht mehr. Nicht weil ich plötzlich alle Antworten hätte oder weil ich an ein Paradies glaube, das auf mich wartet. Sondern weil ich verstanden habe, dass der Tod zum Leben gehört. Er ist nicht der Feind des Lebens, sondern sein Partner. Ohne Tod kein Leben. Ohne Ende kein Anfang."

Sie lächelte. "Das klingt jetzt vielleicht wie eine dieser Kalenderweisheiten. Aber wenn man dem Tod so nahe ist wie ich, bekommt es eine andere Bedeutung. Es wird... real."

Sven nickte langsam. "Ich verstehe, glaube ich. Oder zumindest versuche ich es."

"Das ist ein Anfang", sagte Frau Huber. "Und mehr kann keiner von uns tun – anfangen, versuchen, weitermachen. Bis es vorbei ist."

Ein neuer Blickwinkel

Frau Berger, die still an der Tür gestanden hatte, trat nun vor. "Wir sollten Frau Huber nicht zu sehr ermüden. Vielleicht besuchen Sie sie ein andermal wieder, Herr Schreiber?"

"Gerne", sagte Sven und stand auf. "Es war mir eine Freude, Sie kennenzulernen, Frau Huber."

"Die Freude war ganz meinerseits", erwiderte die alte Dame. "Und denken Sie daran: Die Angst vor dem Tod ist eigentlich die Angst vor dem Unbekannten. Aber das Unbekannte kann auch aufregend sein, nicht wahr? Wie eine Reise ohne Karte."

Sven dachte an seine geplante Japanreise. "Ja, das kann es sein."

Er folgte Frau Berger aus dem Zimmer und zurück in ihr Büro. Sein Kopf schwirrte von all den Eindrücken, den Gesprächen, den neuen Perspektiven.

"Was denken Sie?", fragte Frau Berger, als sie wieder saßen. "Können Sie sich vorstellen, hier zu arbeiten?"

Sven nickte ohne zu zögern. "Ja, absolut. Es ist... anders, als ich erwartet hatte. Positiver. Lebendiger."

"Das hören wir oft", sagte Frau Berger lächelnd. "Die Menschen haben so viele Vorurteile über den Tod und das Sterben. Sie vergessen, dass selbst am Ende des Lebens noch Leben ist. Manchmal sogar besonders intensives Leben."

Sie nahm einen Ordner vom Schreibtisch. "Wenn Sie möchten, können wir die Formalitäten gleich erledigen. Wir bitten unsere Freiwilligen, sich für mindestens drei Monate zu verpflichten, mit einem regelmäßigen Einsatz von etwa vier Stunden pro Woche. Ist das für Sie machbar?"

"Ja, das passt", sagte Ben. "Ich könnte jeden Samstagnachmittag kommen."

"Perfekt. Dann füllen Sie bitte diese Formulare aus, und wir vereinbaren einen Termin für die Einführungsschulung. Die ist obligatorisch für alle Freiwilligen."

Während Sven die Formulare ausfüllte, dachte er über sein Gespräch mit Frau Huber nach. Ihre Worte hatten ihn berührt, besonders die Idee, dass der Tod nicht der Feind des Lebens sei, sondern sein Partner. Es war eine Perspektive, die er noch nie in Betracht gezogen hatte.

Als er fertig war, reichte er die Formulare zurück. Frau Berger überflog sie kurz und nickte zufrieden.

"Sehr gut. Die Einführungsschulung findet nächsten Dienstagabend statt, von 18 bis 21 Uhr. Passt das für Sie?"

"Ja, das ist in Ordnung."

"Ausgezeichnet. Dann sehen wir uns am Dienstag." Sie stand auf und reichte ihm die Hand. "Ich freue mich, dass Sie sich für uns entschieden haben, Herr Schreiber. Ich glaube, Sie werden hier viel lernen – und viel geben können."

Sven schüttelte ihre Hand. "Danke für die Gelegenheit. Und bitte, nennen Sie mich Ben."

"Gerne, Ben. Und ich bin Sophie."

Als Sven das Hospiz verließ, fühlte er sich seltsam leicht. Er hatte erwartet, dass der Besuch ihn bedrücken würde, dass die Konfrontation mit dem Tod seine Ängste verstärken würde. Stattdessen fühlte er sich... hoffnungsvoll? Das war nicht ganz das richtige Wort. Aber er fühlte sich weniger allein mit seinen Gedanken, seinen Fragen, seinen Ängsten.

Er beschloss, zu Fuß nach Hause zu gehen, obwohl es ein langer Weg war. Er brauchte Zeit zum Nachdenken, zum Verarbeiten all der neuen Eindrücke.

Die Worte von Frau Huber gingen ihm nicht aus dem Kopf: "Die Angst vor dem Tod ist eigentlich die Angst vor dem Unbekannten. Aber das Unbekannte kann auch aufregend sein."

War das möglich? Konnte er seine Angst vor dem Tod in etwas Positives verwandeln? In Neugier, Offenheit, vielleicht sogar Akzeptanz?

Er wusste es nicht. Aber er war bereit, es zu versuchen.

Als Sven zu Hause ankam, war es bereits Abend. Er machte sich eine einfache Mahlzeit, duschte und setzte sich dann mit seinem Journal auf das Sofa. Er begann zu schreiben, ließ all seine Gedanken und Gefühle des Tages fließen.

"Heute habe ich das 'Haus des Lächelns' besucht, ein Hospiz, in dem ich als Freiwilliger arbeiten werde. Ich hatte erwartet, einen Ort der Trauer und des Leids zu finden. Stattdessen fand ich Leben, Lachen, Weisheit.

Ich traf eine Frau namens Frau Huber, die dem Tod nahe ist und doch keine Angst mehr vor ihm hat. Sie sagte, der Tod sei nicht der Feind des Lebens, sondern sein Partner. Ohne Tod kein Leben. Ohne Ende kein Anfang.

Ich weiß nicht, ob ich jemals so denken kann. Aber ich möchte es versuchen. Ich möchte lernen, den Tod nicht als etwas zu sehen, das bekämpft oder vermieden werden muss, sondern als Teil des Lebens, als natürlichen Abschluss.

Vielleicht ist das der wahre Sinn meiner 'Mission Todvermeidung' – nicht den Tod zu vermeiden, sondern die Angst vor ihm. Nicht länger zu leben, sondern besser. Nicht mehr Zeit zu haben, sondern die Zeit, die ich habe, bewusster zu nutzen."

Sven legte den Stift beiseite und las, was er geschrieben hatte. Es fühlte sich richtig an. Wahr. Als hätte er einen wichtigen

Schritt gemacht, nicht weg vom Tod, sondern hin zu einem tieferen Verständnis des Lebens.

Er klappte das Journal zu und ging zum Fenster. Die Stadt lag im Dunkeln, nur erhellt von den Straßenlaternen und den Lichtern in den Fenstern. Menschen, die lebten, liebten, arbeiteten, schliefen. Alle auf ihrer eigenen Reise, alle mit ihren eigenen Ängsten und Hoffnungen.

Sven fühlte sich verbunden mit ihnen, auf eine Weise, die er vorher nie gespürt hatte. Er war nicht allein mit seiner Angst vor dem Tod. Jeder Mensch musste sich irgendwann damit auseinandersetzen. Und vielleicht, dachte er, lag darin eine Art Trost. Eine gemeinsame Menschlichkeit.

Er ging ins Bett mit dem Gefühl, dass etwas in ihm sich verändert hatte. Nicht dramatisch, nicht plötzlich, aber spürbar. Ein Samen war gepflanzt worden, ein Gedanke, eine Möglichkeit: dass der Tod nicht das Ende aller Dinge war, sondern ein Übergang. Und dass die Angst vor ihm nicht überwunden werden musste, sondern verstanden und akzeptiert.

Mit diesem Gedanken schlief Sven Zimmermann ein, ruhiger als in vielen Nächten zuvor.

Frau Hubers letzte Weisheiten

Die Einführungsschulung für neue Freiwillige im "Haus des Lächelns" war intensiver, als Sven Zimmermann erwartet hatte. Drei Stunden lang lernten er und fünf andere Neulinge die Grundlagen der Hospizarbeit: wie man mit Sterbenden kommuniziert, wie man mit Trauer umgeht (der eigenen und der anderer), welche praktischen und rechtlichen Aspekte zu beachten sind.

Sophie Berger, die Leiterin, hatte die Schulung selbst durchgeführt, unterstützt von einer erfahrenen Pflegekraft und einem langjährigen Freiwilligen. Sie hatten Rollenspiele gemacht, Fallbeispiele diskutiert und viele, viele Fragen beantwortet.

"Das Wichtigste", hatte Sophie zum Abschluss gesagt, "ist nicht, was ihr sagt oder tut, sondern dass ihr da seid. Präsent. Mit offenem Herzen und offenem Geist. Unsere Bewohner brauchen keine Experten für den Tod. Sie brauchen Menschen, die bereit sind, mit ihnen zu sein, ihnen zuzuhören, sie in ihrer Menschlichkeit zu sehen – nicht nur in ihrer Krankheit oder ihrem Sterben."

Diese Worte hallten in Sven nach, als er am darauffolgenden Samstag zu seinem ersten regulären Einsatz ins Hospiz kam. Er war nervös, unsicher, was ihn erwarten würde. Aber er war auch entschlossen, sein Bestes zu geben.

Die Rückkehr ins Hospiz

Sophie begrüßte ihn an der Rezeption. "Guten Tag, Ben. Schön, dass du da bist. Wie fühlst du dich?"

"Nervös", gab Sven zu. "Aber bereit."

Sophie lächelte. "Das ist normal. Jeder ist am Anfang nervös. Aber du wirst sehen, es wird leichter mit der Zeit." Sie nahm einen Ordner vom Tresen. "Ich habe mir gedacht, dass du heute wieder Frau Huber besuchen könntest. Ihr habt euch beim letzten Mal gut verstanden, und sie hat nach dir gefragt."

"Sie hat nach mir gefragt?" Sven war überrascht.

"Ja. Sie sagte, du seist 'ein interessanter junger Mann mit einer gesunden Portion Angst und Neugier'. Das ist ein Kompliment von Frau Huber, glaub mir."

Sven lächelte. "Dann besuche ich sie gerne wieder."

"Gut. Sie ist in ihrem Zimmer. Du kennst den Weg?"

Sven nickte und machte sich auf den Weg durch die nun schon vertrauteren Korridore des Hospizes. Er klopfte leise an Frau Hubers Tür.

"Herein!", rief eine schwache, aber deutliche Stimme.

Sven trat ein und fand Frau Huber in ihrem Bett sitzend, umgeben von Büchern und Zeitschriften. Sie sah blasser aus als bei seinem letzten Besuch, ihre Haut fast durchscheinend, aber ihre Augen waren noch immer wach und klar.

"Ah, der junge Mann mit der Todesangst", sagte sie mit einem schwachen Lächeln. "Kommen Sie herein, setzen Sie sich. Ich habe mich schon gefragt, ob Sie wiederkommen würden."

Sven setzte sich auf den Stuhl neben ihrem Bett. "Natürlich komme ich wieder. Ich bin jetzt offiziell Freiwilliger hier."

"Wie mutig", sagte Frau Huber, und es klang nicht spöttisch, sondern aufrichtig anerkennend. "Die meisten Menschen rennen vor dem Tod davon. Sie laufen ihm entgegen."

"Ich weiß nicht, ob es Mut ist oder Verzweiflung", sagte Sven ehrlich. "Aber ich möchte verstehen. Den Tod. Die Angst. Das Leben."

Frau Huber nickte langsam. "Verstehen. Ein großes Wort. Ich bin 87 Jahre alt und verstehe immer noch nicht alles. Aber einiges habe ich gelernt." Sie deutete auf die Bücher um sie herum. "Ich lese viel in diesen Tagen. Philosophie, Spiritualität, Wissenschaft. Alles, was mir helfen könnte, diesen letzten Übergang zu verstehen."

Weisheit aus Büchern und Leben

Sven betrachtete die Bücher. Es waren Werke von Philosophen wie Seneca und Epiktet, spirituelle Texte aus verschiedenen

Traditionen, wissenschaftliche Abhandlungen über Bewusstsein und Nahtoderfahrungen.

"Haben Sie etwas gefunden, das Ihnen geholfen hat?", fragte er.

Frau Huber lächelte. "Jedes Buch hat ein Stückchen Wahrheit. Aber die ganze Wahrheit? Die steht in keinem Buch. Die muss man selbst finden."

Sie nahm eines der Bücher – "Über die Kürze des Lebens" von Seneca – und blätterte darin. "Die Stoiker hatten einige gute Ideen. Sie glaubten, dass wir den Tod akzeptieren müssen, um wirklich leben zu können. Dass die Angst vor dem Tod uns daran hindert, das Leben zu genießen."

Sie reichte Sven das Buch. "Hier, lesen Sie diese Passage."

Sven nahm das Buch und las die markierte Stelle: "Es ist nicht wenig Zeit, die wir haben, sondern viel Zeit, die wir nicht nutzen. Das Leben ist lang genug, und es wurde uns für die größten Errungenschaften reichlich gegeben, wenn es ganz gut angelegt würde; aber wenn es durch Luxus und Nachlässigkeit verschwendet wird, wenn es für nichts Gutes verwendet wird, dann fühlen wir erst unter dem letzten Zwang, dass es vorübergegangen ist, obwohl wir es nicht bemerkten, wie es verging."

Er blickte auf. "Das ist... tiefgründig."

"Und wahr", sagte Frau Huber. "Wir verschwenden so viel Zeit mit Sorgen, mit Ängsten, mit Dingen, die am Ende nicht wichtig sind. Und dann, wenn es zu spät ist, bedauern wir es."

Sie nahm das Buch zurück und legte es beiseite. "Wissen Sie, was die größten Bedauern sterbender Menschen sind? Nicht, dass sie nicht genug gearbeitet haben oder nicht genug Geld verdient haben. Sie bedauern, dass sie nicht den Mut hatten, ihr eigenes Leben zu leben. Dass sie ihre Gefühle nicht ausgedrückt haben. Dass sie den Kontakt zu Freunden verloren haben. Dass sie sich nicht erlaubt haben, glücklicher zu sein."

Sven nickte langsam. Er hatte Ähnliches in der Bibliothek gelesen, in dem Buch von Elisabeth Kübler-Ross. "Und Sie? Haben Sie Bedauern?"

Frau Huber dachte einen Moment nach. "Natürlich. Jeder hat Bedauern. Ich bedauere, dass ich nicht mutiger war, nicht mehr Risiken eingegangen bin. Ich war immer vorsichtig, habe immer das Sichere gewählt. Wie Sie, vermute ich."

Sven war überrascht über ihre Einsicht. "Ja, das stimmt. Ich bin... war... sehr risikoscheu."

"War?", fragte Frau Huber mit hochgezogener Augenbraue.

"Ich versuche, mich zu ändern", sagte Ben. "Ich habe eine Liste gemacht mit Dingen, die ich tun möchte, bevor ich sterbe. Und ich habe angefangen, sie umzusetzen. Ich reise bald nach Japan, etwas, das ich immer tun wollte, aber immer aufgeschoben habe."

Frau Huber lächelte breit. "Sehr gut! Das ist der Weg. Nicht warten, bis es zu spät ist. Das Leben ist jetzt, nicht morgen, nicht in der Zukunft."

Sie hustete plötzlich, ein trockener, rasselnder Husten, der ihren ganzen Körper erschütterte. Sven reichte ihr schnell das

Glas Wasser vom Nachttisch. Sie trank einen kleinen Schluck und atmete dann tief durch.

"Entschuldigen Sie", sagte sie. "Meine Lunge macht nicht mehr so mit, wie sie sollte."

"Soll ich eine Schwester rufen?", fragte Sven besorgt.

"Nein, nein. Das ist normal. Teil des Prozesses." Sie lehnte sich zurück und schloss kurz die Augen. "Wo waren wir? Ah ja, Japan. Ein wunderschönes Land. Ich war dort, vor vielen Jahren. Die Kirschblüten im Frühling, die Zen-Gärten, die Tempel... Sie werden es lieben."

"Sie waren in Japan?", fragte Sven überrascht.

"Oh ja. Ich war an vielen Orten. Indien, Nepal, Tibet, China, Japan. Ich war Journalistin, wissen Sie. Spezialisiert auf östliche Philosophie und Religion."

Sven war fasziniert. "Das klingt nach einem interessanten Leben."

"Es war interessant", sagte Frau Huber mit einem nostalgischen Lächeln. "Nicht immer einfach, aber interessant. Ich habe viel gesehen, viel gelernt. Besonders über den Tod."

Östliche Perspektiven

"Wie meinen Sie das?"

"In verschiedenen Kulturen wird der Tod unterschiedlich betrachtet. Im Westen sehen wir ihn oft als Feind, als etwas, das bekämpft werden muss. Im Osten, besonders in buddhistischen und hinduistischen Traditionen, wird er als Teil des natürlichen Zyklus gesehen, als Übergang, nicht als Ende."

Sie nahm ein anderes Buch vom Stapel – "Das tibetische Buch vom Leben und vom Sterben" von Sogyal Rinpoche. "Hier, dieses Buch hat mir sehr geholfen. Es erklärt die tibetische Sichtweise des Todes und des Sterbeprozesses. Die Tibeter glauben, dass der Tod eine Gelegenheit ist, eine Chance zur Befreiung. Sie bereiten sich ihr ganzes Leben darauf vor."

Sven nahm das Buch und blätterte darin. "Wie bereitet man sich auf den Tod vor?"

"Indem man sich seiner Vergänglichkeit bewusst wird. Indem man im gegenwärtigen Moment lebt. Indem man Mitgefühl und Weisheit kultiviert." Frau Huber lächelte. "Klingt einfach, ist es aber nicht. Es braucht Übung, Disziplin, Hingabe."

Sie hustete wieder, diesmal länger und heftiger. Als der Husten nachließ, war sie sichtlich erschöpft.

"Vielleicht sollte ich gehen und Sie ausruhen lassen", sagte Sven besorgt.

"Nein, bleiben Sie noch ein wenig", sagte Frau Huber. "Ich ruhe mich bald genug aus... für sehr lange Zeit." Sie lächelte schwach über ihren eigenen makabren Witz.

Sven lächelte zurück, unsicher, ob es angemessen war, aber ermutigt durch ihre eigene Haltung.

"Wissen Sie", fuhr Frau Huber fort, "als ich jung war, hatte ich auch Angst vor dem Tod. Schreckliche Angst. Ich konnte nicht einmal an Beerdigungen teilnehmen, so sehr hat es mich aufgewühlt."

"Was hat sich geändert?", fragte Ben.

"Das Leben", sagte Frau Huber einfach. "Das Leben hat sich geändert. Ich habe Menschen sterben sehen – Freunde, Familie, Fremde in fernen Ländern. Ich habe gesehen, wie unterschiedlich Menschen sterben können. Einige in Frieden, andere in Angst. Einige umgeben von Liebe, andere allein. Und ich habe gelernt, dass die Art, wie wir sterben, oft die Art widerspiegelt, wie wir gelebt haben."

Sie nahm Bens Hand, ihre Finger dünn und kühl, aber ihr Griff überraschend fest. "Wenn Sie keine Angst vor dem Leben haben, wenn Sie es voll und ganz leben, mit all seinen Höhen und Tiefen, dann werden Sie auch keine Angst vor dem Tod haben. Denn Sie werden wissen, dass Sie gelebt haben. Wirklich gelebt."

Sven spürte, wie ihm Tränen in die Augen stiegen. Es war eine einfache Wahrheit, aber sie traf ihn tief. "Ich versuche es", sagte er leise. "Ich versuche, keine Angst mehr zu haben."

"Gut", sagte Frau Huber und drückte seine Hand. "Das ist alles, was jeder von uns tun kann – versuchen. Jeden Tag aufs Neue."

Sie ließ seine Hand los und lehnte sich zurück, sichtlich erschöpft. "Ich denke, jetzt sollte ich doch ein wenig ruhen. Aber kommen Sie wieder, ja? Nächste Woche. Ich habe noch mehr Bücher, die ich Ihnen zeigen möchte."

"Natürlich komme ich wieder", sagte Sven und stand auf. "Ruhen Sie sich aus, Frau Huber. Und... danke. Für Ihre Weisheit."

"Ach was, Weisheit", winkte Frau Huber ab. "Nur die Gedanken einer alten Frau. Aber wenn sie Ihnen helfen, freut es mich."

Der Physiker und das Mysterium

Sven verließ das Zimmer mit dem Gefühl, etwas Kostbares erhalten zu haben. Nicht Antworten, nicht Gewissheit, aber etwas vielleicht noch Wertvolleres: eine neue Perspektive. Eine Möglichkeit, das Leben und den Tod anders zu sehen.

Er ging den Korridor entlang und traf auf Sophie, die gerade aus einem anderen Zimmer kam.

"Wie war dein Besuch bei Frau Huber?", fragte sie.

"Intensiv", sagte Sven ehrlich. "Sie ist... bemerkenswert."

Sophie nickte. "Ja, das ist sie. Eine unserer außergewöhnlichsten Bewohnerinnen. Sie hat so viel erlebt, so viel zu teilen."

"Sie hat mir von ihren Reisen erzählt, von ihrer Arbeit als Journalistin."

"Ja, sie hatte ein faszinierendes Leben. Hat Artikel für National Geographic geschrieben, Bücher über östliche Philosophie. Sie war eine Pionierin, zu einer Zeit, als Frauen in diesem Bereich selten waren."

Sven war beeindruckt. "Das wusste ich nicht."

"Sie spricht nicht oft darüber. Sie ist sehr bescheiden." Sophie lächelte. "Aber sie mag dich. Das ist selten. Frau Huber ist... wählerisch, was ihre Gesellschaft angeht."

"Ich fühle mich geehrt", sagte Ben, und er meinte es ernst.

"Möchtest du noch andere Bewohner besuchen, oder war das genug für heute?", fragte Sophie.

Sven dachte nach. Er fühlte sich emotional erschöpft nach dem Gespräch mit Frau Huber, aber auch seltsam energetisiert. "Ich würde gerne noch bleiben, wenn das in Ordnung ist."

"Natürlich. Wir haben einen Herrn, der erst seit kurzem bei uns ist. Herr Müller, 72, Lungenkrebs im Endstadium. Er war Physikprofessor und ist sehr an wissenschaftlichen Diskussionen interessiert. Vielleicht wäre das etwas für dich?"

Sven nickte. "Ja, das klingt gut."

Sophie führte ihn zu einem anderen Zimmer am Ende des Korridors. Auch hier klopfte sie leise an, bevor sie eintrat.

Das Zimmer war anders eingerichtet als das von Frau Huber. Während ihr Raum voller Bücher, Fotos und persönlicher Gegenstände war, war dieser spartanischer, fast klinisch. Ein Mann mit schütterem weißen Haar saß in einem Sessel am Fenster und blickte hinaus.

"Herr Müller", sagte Sophie sanft. "Ich habe jemanden mitgebracht, der Sie gerne kennenlernen würde. Das ist Ben, einer unserer neuen Freiwilligen."

Der Mann drehte sich um. Sein Gesicht war eingefallen, gezeichnet von der Krankheit, aber seine Augen waren scharf und intelligent. "Guten Tag", sagte er mit einer überraschend kräftigen Stimme.

"Ich lasse euch beide mal allein", sagte Sophie und zog sich zurück.

Sven trat näher und setzte sich auf den angebotenen Stuhl gegenüber von Herrn Müller. "Hallo, Herr Müller. Ich bin Ben. Frau Berger sagte, Sie waren Physikprofessor?"

"Ja, an der Humboldt-Universität. Quantenphysik." Er musterte Ben. "Und Sie? Was machen Sie, wenn Sie nicht in Hospizen Sterbenden Gesellschaft leisten?"

Die direkte Frage überraschte Ben, aber er antwortete ehrlich. "Ich bin Aktuar bei einer Versicherungsgesellschaft. Ich berechne Risiken, erstelle Statistiken."

"Ah, ein Mathematiker also. Gut, gut." Herr Müller nickte anerkennend. "Dann können wir vernünftig miteinander reden. Keine sentimentalen Floskeln, kein spirituelles Geschwätz."

Sven lächelte unsicher. "Ich... versuche, offen zu sein für verschiedene Perspektiven."

"Natürlich, natürlich", sagte Herr Müller abwinkend. "Aber am Ende des Tages sind wir Männer der Wissenschaft, nicht wahr? Wir glauben an das, was bewiesen werden kann, was messbar ist."

Sven dachte an sein Gespräch mit Frau Huber, an die Bücher über Nahtoderfahrungen, die er gelesen hatte. "Ich bin mir nicht sicher, ob alles messbar ist", sagte er vorsichtig.

Herr Müller hob eine Augenbraue. "Interessant. Erzählen Sie mehr."

"Nun, ich habe mich in letzter Zeit mit Nahtoderfahrungen beschäftigt. Mit Berichten von Menschen, die klinisch tot waren und dann wiederbelebt wurden. Viele beschreiben ähnliche Erlebnisse – Licht, Tunnel, außerkörperliche Erfahrungen. Das lässt sich nicht so leicht messen oder erklären."

Herr Müller lächelte, aber es war kein spöttisches Lächeln, sondern eines der Anerkennung. "Sie haben Recht. Die Quantenphysik hat uns gelehrt, dass die Realität viel seltsamer ist, als wir uns vorstellen können. Dass Beobachtung die Realität verändert. Dass Teilchen an zwei Orten gleichzeitig sein können. Dass Zeit und Raum relative Konzepte sind."

Er lehnte sich vor. "Wissen Sie, ich habe mein Leben der Wissenschaft gewidmet. Ich habe an die Kraft der Vernunft geglaubt, an die Möglichkeit, alles zu erklären, zu verstehen. Aber je mehr ich gelernt habe, desto mehr habe ich erkannt, wie wenig wir wissen. Wie mysteriös das Universum wirklich ist."

Sven war überrascht über diese Wendung. "Das hätte ich nicht erwartet. Von einem Wissenschaftler, meine ich."

"Die größten Wissenschaftler sind oft die demütigsten", sagte Herr Müller. "Einstein, Bohr, Heisenberg – sie alle hatten ein tiefes Gefühl für das Mysterium des Universums. Einstein sagte einmal: 'Das Schönste, was wir erleben können, ist das Geheimnisvolle. Es ist die Quelle aller wahren Kunst und Wissenschaft.'"

Er hustete, ein tiefer, rasselnder Husten, ähnlich dem von Frau Huber, aber stärker, schmerzhafter. Sven reichte ihm ein Glas Wasser, das auf dem Tisch neben ihm stand.

"Danke", sagte Herr Müller, nachdem er getrunken hatte. "Diese verdammten Zigaretten. Vierzig Jahre lang geraucht, und jetzt zahle ich den Preis."

"Es tut mir leid", sagte Ben, unsicher, was er sonst sagen sollte.

"Nicht nötig. Es war meine Entscheidung. Ich kannte die Risiken." Herr Müller lächelte schwach. "Ironisch, nicht wahr? Ein Mann der Wissenschaft, der die Statistiken kennt und trotzdem raucht."

Der Neurologe und das Nichts

Die Wochen vergingen, und Sven Zimmermanns Leben veränderte sich in einem Tempo, das ihn selbst überraschte. Er lief nun jeden Morgen, meditierte täglich, aß gesünder und verbrachte jeden Samstag im "Haus des Lächelns". Seine Besuche dort waren zu einem festen Bestandteil seines Lebens geworden, etwas, auf das er sich tatsächlich freute.

Frau Huber war zu einer Art Mentorin für ihn geworden. Ihre Gespräche über Leben, Tod und alles dazwischen hatten seine Perspektive grundlegend verändert. Sie hatte ihm Bücher geliehen, ihm von ihren Reisen erzählt, ihn mit ihrer Weisheit und ihrem unerwarteten Humor bereichert.

Auch mit Herrn Müller hatte Sven eine Verbindung aufgebaut. Ihre Diskussionen über Quantenphysik, Bewusstsein und die Grenzen der Wissenschaft forderten seinen Intellekt heraus und öffneten ihm neue Denkweisen.

Aber trotz all dieser positiven Veränderungen blieb eine Frage unbeantwortet: Was war mit dem Joghurt? Was bedeutete diese seltsame Vorahnung, die alles ins Rollen gebracht hatte?

Die Suche nach Antworten

Sven hatte versucht, nicht mehr darüber nachzudenken, sich auf das Hier und Jetzt zu konzentrieren, wie Frau Huber es ihm geraten hatte. Aber manchmal, in stillen Momenten, kehrten die Gedanken zurück. Die Gewissheit, die er in jenem Moment gespürt hatte. Das tiefe, unerschütterliche Wissen, dass etwas nicht stimmte.

Und so kam es, dass Sven an einem sonnigen Dienstagnachmittag, eine Woche vor seiner Japanreise, in der Praxis von Dr. Julian Neumann saß, einem renommierten Neurologen, den ihm Herr Müller empfohlen hatte.

"Herr Müller sagte, Sie seien der beste Neurologe der Stadt", hatte Sven am Telefon gesagt, als er den Termin vereinbarte. "Und ich habe einige Fragen zum Gehirn und zum Bewusstsein."

Dr. Neumann hatte zugestimmt, ihn zu sehen, obwohl Sven kein Patient im herkömmlichen Sinne war. "Ich bin immer offen für philosophische Diskussionen", hatte er gesagt.

Nun saß Sven in einem eleganten, holzgetäfelten Büro, umgeben von medizinischen Fachbüchern, Gehirnmodellen und gerahmten Diplomen. Dr. Neumann, ein schlanker Mann in den Fünfzigern mit einer markanten Brille und einem gepflegten grauen Bart, betrachtete ihn mit freundlicher Neugier.

"Also, Herr Schreiber", begann er, "Herr Müller sagte, Sie hätten Fragen zum Gehirn und zum Bewusstsein. Ich bin gespannt."

Sven holte tief Luft. Er hatte sich vorgenommen, ehrlich zu sein, auch wenn es bedeutete, ein wenig verrückt zu klingen. "Vor etwa zwei Monaten hatte ich ein seltsames Erlebnis", begann er. "Ein Joghurtbecher fiel mir auf den Fuß, und in diesem Moment hatte ich eine absolute Gewissheit, dass ich sterben würde. Nicht irgendwann, sondern bald. Es war keine Angst, keine Panik, sondern ein tiefes, unerschütterliches Wissen."

Er hielt inne, erwartete Skepsis oder Belustigung. Aber Dr. Neumann nickte nur, sein Gesicht ernst und aufmerksam.

"Diese Gewissheit hat mein Leben verändert", fuhr Sven fort. "Ich habe angefangen, mich mit dem Tod auseinanderzusetzen, habe meine Prioritäten überdacht, neue Dinge ausprobiert. In vielerlei Hinsicht war es positiv. Aber die Frage bleibt: Was war das? Eine Halluzination? Eine Fehlfunktion meines Gehirns? Oder... etwas anderes?"

Das komplexeste Objekt im Universum

Dr. Neumann lehnte sich zurück und faltete die Hände. "Eine faszinierende Frage", sagte er. "Und eine, die nicht so leicht zu beantworten ist, wie man vielleicht denkt."

Er stand auf und ging zu einem Gehirnmodell auf seinem Schreibtisch. "Das menschliche Gehirn ist das komplexeste Objekt im bekannten Universum. Hundert Milliarden Neuronen, jedes mit bis zu zehntausend Verbindungen zu anderen Neuronen. Ein unvorstellbar komplexes Netzwerk."

Er drehte das Modell in seinen Händen. "Wir wissen heute viel über die Funktionsweise des Gehirns. Wir können sehen, welche Bereiche aktiv sind, wenn wir bestimmte Aufgaben ausführen oder bestimmte Emotionen erleben. Wir verstehen die grundlegenden neurochemischen Prozesse. Aber das Bewusstsein selbst? Das bleibt ein Rätsel."

Dr. Neumann setzte sich wieder. "Was Sie beschreiben – diese plötzliche, tiefe Gewissheit – könnte verschiedene Ursachen haben. Es könnte eine temporäre Aktivierung bestimmter Hirnregionen sein, vielleicht ausgelöst durch den Schreck des fallenden Joghurtbechers. Es könnte eine Art Déjà-vu-Erlebnis sein, eine Fehlfunktion des Gedächtnisses, die Ihnen das Gefühl gab, etwas zu 'wissen', was Sie eigentlich nicht wissen konnten."

"Aber es fühlte sich so real an", sagte Ben. "So... anders als alles, was ich je erlebt habe."

"Das bezweifle ich nicht", sagte Dr. Neumann. "Unser subjektives Erleben ist real, unabhängig davon, was es verursacht hat. Wenn Sie diese Gewissheit gespürt haben, dann war sie für Sie in diesem Moment absolut real."

Er lehnte sich vor. "Aber lassen Sie mich eine andere Perspektive anbieten. In der Neurologie sprechen wir oft von 'Top-down-Prozessen'. Das bedeutet, dass unsere Erwartungen, Überzeugungen und früheren Erfahrungen beeinflussen, wie wir die Welt wahrnehmen. Unser Gehirn ist ständig damit beschäftigt, Vorhersagen zu treffen und Muster zu erkennen, oft unbewusst."

"Sie meinen, ich habe mir das alles nur eingebildet?", fragte Ben, ein wenig enttäuscht.

"Nicht unbedingt 'eingebildet'", korrigierte Dr. Neumann. "Aber vielleicht hat Ihr Gehirn eine Verbindung hergestellt, die bewusst nicht offensichtlich war. Vielleicht haben Sie in den Tagen oder Wochen vor dem Vorfall subtile Anzeichen von Stress oder Unwohlsein wahrgenommen, die Ihr bewusstes Denken ignoriert hat, aber Ihr Unterbewusstsein registriert hat. Der fallende Joghurtbecher könnte dann als Katalysator gewirkt haben, der diese unterschwelligen Bedenken an die Oberfläche brachte."

Jenseits der klassischen Wissenschaft

Sven dachte darüber nach. Es klang plausibel, aber irgendwie unbefriedigend. "Und was ist mit Vorahnungen? Mit Intuitionen, die sich als wahr herausstellen? Gibt es dafür eine wissenschaftliche Erklärung?"

Dr. Neumann lächelte. "Ah, jetzt betreten wir interessantes Terrain. Es gibt tatsächlich Forschungen zu dem, was wir 'Präkognition' nennen – die angebliche Fähigkeit, zukünftige Ereignisse vorherzusehen. Die meisten dieser Studien finden keine Beweise für echte Präkognition. Was wir oft als 'Vorahnung' interpretieren, ist in Wirklichkeit eine Kombination aus Zufall, selektiver Wahrnehmung und nachträglicher Rationalisierung."

Er hielt inne. "Aber – und das ist ein wichtiges Aber – es gibt Phänomene, die wir noch nicht vollständig erklären können. Die Quantenphysik, zum Beispiel, stellt unser Verständnis von Zeit und Kausalität in Frage. Einige Theoretiker spekulieren, dass das Bewusstsein auf einer fundamentalen Ebene mit der Quantenrealität verbunden sein könnte, was theoretisch... nun ja, seltsame Dinge ermöglichen könnte."

Sven spürte, wie sein Interesse wuchs. "Wie seltsame Dinge?"

"Wie nicht-lokale Verbindungen. Wie die Möglichkeit, dass Informationen auf Wegen übertragen werden, die unsere klassische Physik nicht erklären kann." Dr. Neumann hob abwehrend die Hände. "Verstehen Sie mich nicht falsch – das ist höchst spekulativ. Die meisten Neurowissenschaftler, mich eingeschlossen, sind der Meinung, dass das Bewusstsein ein Produkt des Gehirns ist, nicht etwas, das unabhängig davon existiert."

"Aber Sie schließen andere Möglichkeiten nicht völlig aus?", fragte Ben.

Dr. Neumann lächelte. "Ein guter Wissenschaftler schließt nie etwas völlig aus. Die Geschichte der Wissenschaft ist voll von Momenten, in denen wir dachten, wir wüssten alles, nur um dann festzustellen, dass wir kaum an der Oberfläche gekratzt hatten."

Er lehnte sich zurück. "Wissen Sie, was mich an Ihrer Geschichte am meisten interessiert? Nicht die mögliche Vorahnung selbst, sondern was Sie daraus gemacht haben. Statt in Angst zu erstarren, haben Sie sie als Katalysator für positive Veränderungen genutzt. Das ist bemerkenswert."

Sven hatte nicht erwartet, ein Kompliment zu erhalten. "Danke. Obwohl ich zugeben muss, dass ich anfangs sehr ängstlich war. Erst mit der Zeit habe ich gelernt, anders damit umzugehen."

"Das ist menschlich", sagte Dr. Neumann. "Angst ist eine natürliche Reaktion auf das Unbekannte, besonders wenn es um unsere eigene Sterblichkeit geht. Aber die Fähigkeit, über diese initiale Angst hinauszuwachsen, ist ein Zeichen von psychologischer Reife und Resilienz."

Er stand auf und ging zu einem Bücherregal. Nach kurzem Suchen zog er ein Buch heraus und reichte es Ben. "Hier, das könnte Sie interessieren. 'Das Gehirn und das Selbst' von Antonio Damasio. Er ist einer der führenden Neurowissenschaftler unserer Zeit und hat faszinierende Theorien über das Verhältnis von Körper, Gehirn und Bewusstsein entwickelt."

Sven nahm das Buch dankbar entgegen. "Ich werde es lesen. Danke."

"Gern geschehen." Dr. Neumann setzte sich wieder. "Wissen Sie, Herr Schreiber, ich habe in meiner Karriere viele Patienten mit neurologischen Erkrankungen behandelt. Menschen, deren Gehirne durch Verletzungen, Krankheiten oder genetische Faktoren beeinträchtigt waren. Und eine Sache, die ich immer wieder beobachtet habe, ist die erstaunliche Anpassungsfähigkeit des menschlichen Geistes."

Er lehnte sich vor, seine Augen intensiv. "Selbst wenn Teile des Gehirns beschädigt sind, findet der Geist oft Wege, sich anzupassen, zu kompensieren, weiterzumachen. Es ist, als gäbe es etwas – nennen Sie es Bewusstsein, Geist, Seele, wie Sie wollen –, das über die reine Neurobiologie hinausgeht. Etwas, das beharrlich nach Bedeutung, nach Verbindung, nach Transzendenz strebt."

Sven war überrascht über diese fast spirituelle Wendung des Gesprächs. "Das klingt fast... religiös."

Dr. Neumann lachte. "Ich bin kein religiöser Mensch im traditionellen Sinne. Aber ich glaube, dass es Dimensionen der menschlichen Erfahrung gibt, die über das hinausgehen, was wir derzeit wissenschaftlich erklären können. Nennen Sie es Spiritualität, wenn Sie wollen. Ich nenne es Offenheit für das Mysterium des Bewusstseins."

Er blickte auf seine Uhr. "Leider muss ich in Kürze meinen nächsten Patienten empfangen. Aber lassen Sie mich Ihnen noch einen Gedanken mitgeben: Vielleicht ist die Frage, ob Ihre Vorahnung 'real' war oder nicht, weniger wichtig als die Frage, was Sie daraus gemacht haben. Die Bedeutung, die wir unseren Erfahrungen geben, ist oft wichtiger als ihre objektive Realität."

Sven nickte langsam. "Das macht Sinn. Und ehrlich gesagt, selbst wenn es nur eine seltsame Fehlfunktion meines Gehirns war – die Veränderungen, die es in meinem Leben bewirkt hat, sind real. Und positiv."

"Genau", sagte Dr. Neumann und stand auf. "Und wer weiß? Vielleicht war es das Universum, das Ihnen einen Schubs geben wollte. Oder Ihr eigenes Unterbewusstsein. Oder einfach nur ein glücklicher Zufall. Am Ende zählt, dass Sie zugehört haben."

Er reichte Sven die Hand. "Es war mir ein Vergnügen, mit Ihnen zu sprechen, Herr Schreiber. Wenn Sie weitere Fragen haben oder einfach nur philosophieren möchten, zögern Sie nicht, mich anzurufen."

Sven schüttelte seine Hand. "Vielen Dank für Ihre Zeit und Ihre Einsichten, Dr. Neumann. Sie haben mir sehr geholfen."

Eine neue Perspektive

Als Sven die Praxis verließ, fühlte er sich seltsam leicht. Das Gespräch hatte ihm keine endgültigen Antworten gegeben – vielleicht gab es keine –, aber es hatte ihm eine neue Perspektive eröffnet. Die Idee, dass die Bedeutung, die wir unseren Erfahrungen geben, wichtiger sein könnte als ihre objektive Realität, resonierte mit ihm.

Er beschloss, zu Fuß nach Hause zu gehen, um Zeit zum Nachdenken zu haben. Die Sonne stand tief, tauchte die Stadt in goldenes Licht. Menschen eilten vorbei, jeder in seiner eigenen Welt, mit seinen eigenen Gedanken, Sorgen, Freuden.

Sven dachte an all die Veränderungen, die in seinem Leben stattgefunden hatten, seit dem Tag mit dem Joghurt. Er war fitter geworden, gesünder. Er hatte neue Freundschaften geschlossen, alte wiederbelebt. Er hatte begonnen, Klavier zu spielen, hatte neue Bücher gelesen, neue Ideen erkundet. Er hatte im Hospiz gearbeitet und dabei mehr über Leben und Tod gelernt, als er je für möglich gehalten hätte.

Und in wenigen Tagen würde er nach Japan reisen, ein Traum, den er jahrelang aufgeschoben hatte.

All das wegen eines fallenden Joghurtbechers? Oder war der Joghurt nur der Auslöser für etwas, das schon lange in ihm geschlummert hatte? Eine Sehnsucht nach einem authentischeren, erfüllteren Leben?

Sven wusste es nicht. Und vielleicht war das in Ordnung. Vielleicht war es, wie Dr. Neumann gesagt hatte, weniger wichtig, ob seine Vorahnung "real" war oder nicht, als was er daraus gemacht hatte.

Als er nach Hause kam, nahm er sein Journal und begann zu schreiben:

"Heute habe ich Dr. Neumann besucht, einen Neurologen, der mir empfohlen wurde. Wir haben über meine 'Joghurt-Erfahrung' gesprochen, über das Gehirn, das Bewusstsein, über Vorahnungen und Intuitionen.

Er konnte mir keine endgültige Erklärung geben – vielleicht gibt es keine –, aber er hat mir einen interessanten Gedanken mitgegeben: Vielleicht ist die Frage, ob meine Vorahnung 'real' war oder nicht, weniger wichtig als die Frage, was ich daraus gemacht habe. Die Bedeutung, die wir unseren Erfahrungen geben, ist oft wichtiger als ihre objektive Realität.

Und wenn ich darüber nachdenke, was aus dieser seltsamen Erfahrung entstanden ist – all die Veränderungen, die neuen Freundschaften, die Erkenntnisse –, dann kann ich nur dankbar sein. Egal, ob es eine echte Vorahnung war, eine Fehlfunktion meines Gehirns oder einfach nur ein glücklicher Zufall – es hat mein Leben zum Besseren verändert.

Vielleicht ist das alles, was zählt."

Sven legte den Stift beiseite und blickte aus dem Fenster. Die Sonne war untergegangen, und die ersten Sterne erschienen am Himmel. Er dachte an Frau Huber und ihre Worte über den Tod als Reise ohne Karte. An Herrn Müller und seine Offenheit für das Mysterium des Universums trotz – oder vielleicht gerade wegen – seiner wissenschaftlichen Bildung. An Dr. Neumann und seine Idee des Bewusstseins als etwas, das über die reine Neurobiologie hinausgeht.

So unterschiedlich diese Menschen auch waren, sie teilten eine Qualität, die Sven zu schätzen gelernt hatte: eine Offenheit für das Unbekannte, eine Bereitschaft, Fragen zu stellen, ohne sofort Antworten zu erwarten.

Vielleicht war das der Weg, mit der Angst vor dem Tod umzugehen – nicht indem man sie leugnete oder verzweifelt nach Gewissheit suchte, sondern indem man sie als Teil des großen Mysteriums des Lebens akzeptierte. Indem man lernte, mit der Ungewissheit zu leben, sie sogar zu umarmen.

Sven lächelte bei diesem Gedanken. Es war ein langer Weg gewesen, vom panischen Googeln von Symptomen bis zu dieser ruhigeren, akzeptierenderen Haltung. Und er war noch nicht am Ziel – würde es vielleicht nie sein. Aber er war auf dem Weg. Und das war genug.

Er schloss sein Journal und begann, seine Sachen für die Japanreise zu packen. Es gab noch viel zu tun, viel zu erleben, viel zu lernen.

Das Leben wartete. Und zum ersten Mal seit langem fühlte Sven Zimmermann sich bereit dafür.

Weihwasser und Weisheit

Der Tag vor Sven s Abreise nach Japan war angefüllt mit letzten Vorbereitungen. Er hatte seinen Koffer gepackt, seine Reisedokumente überprüft, seine Wohnung aufgeräumt und die Pflanzen zu seinem Nachbarn gebracht, der sich während seiner Abwesenheit um sie kümmern würde. Er hatte sogar einen Abschiedsbesuch im "Haus des Lächelns" gemacht, um Frau Huber und Herrn Müller auf Wiedersehen zu sagen.

Frau Huber hatte ihm ein kleines Buch geschenkt – "Zen in der Kunst des Bogenschießens" von Eugen Herrigel. "Für Ihre Reise", hatte sie gesagt. "Es wird Ihnen helfen, Japan mit anderen Augen zu sehen."

Herr Müller hatte ihm einen Kompass gegeben, einen altmodischen mit Messinggehäuse. "Damit Sie immer wissen, wo Norden ist", hatte er mit einem Augenzwinkern gesagt. "Sowohl geografisch als auch metaphorisch."

Nun, am Abend vor seinem Flug, saß Sven in seiner Wohnung und ging seine Checkliste ein letztes Mal durch. Alles war bereit. Er sollte früh schlafen gehen, um für den langen Flug ausgeruht zu sein. Aber er war zu aufgeregt, zu voller Vorfreude und auch ein wenig Nervosität.

Eine unerwartete Begegnung

Er beschloss, einen Spaziergang zu machen, um seinen Kopf zu klären. Die Nacht war mild, der Himmel klar, die Straßen ruhig. Sven ging ziellos durch sein Viertel, genoss die frische Luft und die relative Stille der Stadt bei Nacht.

Seine Schritte führten ihn schließlich zu einer kleinen Kirche, die er schon oft gesehen, aber nie betreten hatte. Die St. Michaelskirche, ein schlichter Bau aus dem 19. Jahrhundert, stand mit offenen Türen da, einladend trotz der späten Stunde.

Sven zögerte. Er war nicht religiös, hatte seit seiner Konfirmation kaum eine Kirche betreten. Aber etwas an dem warmen Licht, das durch die bunten Glasfenster schimmerte, zog ihn an. Vielleicht war es Neugier, vielleicht der Wunsch nach einem Moment der Stille und Reflexion vor seiner großen Reise.

Er trat ein und wurde von der kühlen, stillen Atmosphäre des Kirchenraums empfangen. Kerzen flackerten vor Heiligenstatuen, warfen tanzende Schatten an die Wände. Die Bänke waren leer bis auf eine Gestalt ganz vorne, nahe dem Altar – eine ältere Frau in schwarzer Kleidung, die still zu beten schien.

Sven setzte sich in eine der hinteren Bänke und ließ den Raum auf sich wirken. Es war friedlich hier, zeitlos. Die hohen Decken, die bunten Fenster, die alten Holzbänke – alles strahlte eine Ruhe aus, die er in seinem hektischen Alltag selten fand.

Er schloss die Augen und atmete tief durch. Die letzten Monate zogen an seinem inneren Auge vorbei: der Joghurt-Vorfall, die Panik, die Arztbesuche, die Recherchen, die neuen Freundschaften, die Veränderungen in seinem Leben. Es war eine Reise gewesen, nicht nur äußerlich, sondern vor allem innerlich. Eine Reise von der Angst zur... nun ja, nicht unbedingt zur Furchtlosigkeit, aber zu einer Art Akzeptanz. Zu einem tieferen Verständnis dessen, was wirklich wichtig war.

"Suchen Sie etwas Bestimmtes, oder sind Sie nur zum Nachdenken hier?"

Sven öffnete die Augen. Vor ihm stand ein Mann mittleren Alters in einem schwarzen Hemd mit weißem Priesterkragen. Er hatte ein freundliches Gesicht mit Lachfältchen um die Augen und graue Schläfen.

"Nur zum Nachdenken", sagte Ben. "Ich hoffe, das ist in Ordnung."

Der Priester lächelte. "Natürlich. Die Kirche ist für alle offen, nicht nur für Betende. Ich bin Pater Thomas, übrigens."

"Ben. Sven Zimmermann."

"Freut mich, Ben." Pater Thomas setzte sich neben ihn in die Bank. "Sie sehen aus, als hätten Sie viel auf dem Herzen."

Sven war überrascht über diese direkte Ansprache, aber irgendwie fühlte es sich nicht aufdringlich an. "Ist das so offensichtlich?"

"Ich bin seit dreißig Jahren Priester", sagte Pater Thomas mit einem leichten Lächeln. "Ich erkenne einen suchenden Menschen, wenn ich einen sehe."

Sven zögerte. Er hatte nicht erwartet, sich einem Fremden zu öffnen, schon gar nicht einem Priester. Aber etwas an Pater Thomas' ruhiger, unaufdringlicher Art machte es leicht, mit ihm zu sprechen.

"Ich reise morgen nach Japan", sagte er schließlich. "Etwas, das ich schon immer tun wollte, aber immer aufgeschoben habe. Und jetzt... jetzt fühlt es sich wichtig an. Bedeutsam."

"Eine Pilgerreise?", fragte Pater Thomas.

Sven lachte leise. "Nicht im religiösen Sinne. Aber vielleicht... vielleicht im persönlichen Sinne. Ich habe in den letzten Monaten viel über das Leben nachgedacht. Und über den Tod."

Pater Thomas nickte, als wäre dies das Natürlichste der Welt. "Die beiden großen Mysterien. Die Fragen, die uns alle beschäftigen, ob wir es zugeben oder nicht."

"Haben Sie... haben Sie Antworten gefunden?", fragte Ben. "In Ihrem Glauben?"

Pater Thomas dachte einen Moment nach. "Antworten? Nein, nicht wirklich. Eher... eine Perspektive. Einen Rahmen, in dem ich die Fragen stellen kann, ohne von ihnen überwältigt zu werden."

Er blickte zum Altar, wo ein großes Kruzifix hing. "Der christliche Glaube bietet keine einfachen Antworten auf die großen Fragen. Er bietet eine Geschichte – die Geschichte eines Gottes, der so sehr liebt, dass er selbst Mensch wird, leidet und stirbt. Es ist eine Geschichte über die Überwindung des Todes, ja, aber auch über die Akzeptanz des Leidens als Teil des Lebens."

Sven war überrascht über diese nuancierte Antwort. Er hatte mit etwas Dogmatischerem gerechnet, mit festen Behauptungen über Himmel und Hölle.

"Das klingt... anders als das, was ich über Religion zu wissen glaubte", gab er zu.

Pater Thomas lächelte. "Die populäre Vorstellung von Religion ist oft vereinfacht. Besonders vom Christentum. Viele denken, es gehe nur um Regeln, um Sünde und Strafe, um ein Leben nach dem Tod als Belohnung für gutes Verhalten. Aber es ist viel komplexer, viel... menschlicher."

Begleitung am Lebensende

Er lehnte sich zurück. "Wissen Sie, in meinen dreißig Jahren als Priester habe ich viele Menschen in ihren letzten Stunden begleitet. Und was ich gelernt habe, ist, dass der Tod so individuell ist wie das Leben. Jeder stirbt auf seine eigene Weise, mit seinen eigenen Fragen, Ängsten, Hoffnungen."

Sven nickte langsam. "Ich arbeite seit einigen Monaten als Freiwilliger in einem Hospiz. Ich habe... ähnliche Erfahrungen gemacht."

"Ein Hospiz?" Pater Thomas sah ihn mit neuem Interesse an. "Das ist eine wichtige Arbeit. Nicht jeder hat den Mut dazu."

"Ich weiß nicht, ob es Mut war", sagte Sven ehrlich. "Eher... Neugier. Und vielleicht der Wunsch, meine eigene Angst vor dem Tod zu überwinden."

"Und? Hat es geholfen?"

Sven dachte nach. "Ja, ich denke schon. Ich habe Menschen kennengelernt, die dem Tod mit einer Würde und Gelassenheit begegnen, die ich bewundere. Ich habe gelernt, dass der Tod nicht nur ein Ende ist, sondern auch... ein Übergang. Ein Teil des Lebens."

Pater Thomas nickte anerkennend. "Das ist eine tiefe Erkenntnis. Eine, zu der viele Menschen nie gelangen."

Sie schwiegen einen Moment, jeder in seinen eigenen Gedanken.

"Darf ich Sie etwas fragen?", sagte Sven schließlich. "Etwas Persönliches?"

"Natürlich."

"Haben Sie Angst vor dem Tod? Als Priester, meine ich. Mit Ihrem Glauben."

Pater Thomas lächelte leicht. "Eine gute Frage. Die ehrliche Antwort? Manchmal ja. Der Glaube macht einen nicht immun gegen die menschliche Angst vor dem Unbekannten. Aber er gibt mir Hoffnung. Die Hoffnung, dass der Tod nicht das letzte Wort hat. Dass es eine Fortsetzung gibt, in welcher Form auch immer."

Er blickte Sven direkt an. "Aber wissen Sie, was mir am meisten hilft? Nicht die theologischen Lehren über das Jenseits, sondern die Erfahrung der Liebe im Hier und Jetzt. Die Momente der Verbundenheit, der Transzendenz, die wir manchmal erleben – wenn wir Musik hören, die uns berührt, wenn wir die Schönheit der Natur erleben, wenn wir uns wirklich mit einem anderen Menschen verbinden. Diese Momente geben mir einen Vorgeschmack auf das, was sein könnte. Sie lassen mich ahnen, dass es mehr gibt als das, was wir mit unseren Sinnen erfassen können."

Sven war berührt von der Offenheit und Tiefe dieser Antwort. "Das... das kann ich verstehen. Ich hatte solche Momente. Selten, aber sie waren da."

"Halten Sie Ausschau nach ihnen", sagte Pater Thomas. "Besonders auf Ihrer Reise. Japan hat eine reiche spirituelle Tradition, auch wenn sie sich von der christlichen unterscheidet. Die Zen-Buddhisten haben viel über die Kunst des Präsentseins zu lehren, über die Schönheit des Augenblicks."

Sven dachte an das Buch, das Frau Huber ihm geschenkt hatte. "Ja, ich bin gespannt darauf, mehr darüber zu erfahren."

Ein unerwarteter Segen

Pater Thomas stand auf. "Ich sollte Sie nicht länger von Ihren Vorbereitungen abhalten. Aber wenn Sie möchten..." Er zögerte. "Es ist eine alte Tradition, Reisende zu segnen. Nicht nur in der katholischen Kirche, sondern in vielen Kulturen. Ein Wunsch für sichere Reise und glückliche Heimkehr."

Sven war überrascht. "Ich bin nicht religiös", sagte er zögernd.

"Das macht nichts", sagte Pater Thomas mit einem Lächeln. "Der Segen ist ein Geschenk, keine Verpflichtung. Sie können ihn annehmen oder nicht, wie Sie möchten."

Sven dachte einen Moment nach. Es fühlte sich richtig an, irgendwie passend als Abschluss dieses unerwarteten Gesprächs. "Okay", sagte er. "Danke."

Pater Thomas nickte und machte ein Kreuzzeichen über Ben. "Möge Gott dich auf deiner Reise begleiten und beschützen. Möge er deine Augen öffnen für die Schönheit und Weisheit, die du finden wirst. Und möge er dich sicher zurückbringen, bereichert durch deine Erfahrungen."

Er nahm ein kleines Fläschchen aus seiner Tasche. "Und ein bisschen Weihwasser für unterwegs. Alte Gewohnheit." Er lächelte entschuldigend. "Sie müssen es nicht nehmen, wenn Sie nicht möchten."

Sven zögerte, nahm dann aber das Fläschchen. "Danke. Ich... ich werde es mitnehmen."

"Gute Reise, Ben", sagte Pater Thomas und reichte ihm die Hand. "Und vielleicht sehen wir uns wieder, wenn Sie zurück sind. Ich würde gerne hören, was Sie in Japan entdeckt haben."

"Vielleicht", sagte Sven und meinte es ernst. "Danke für das Gespräch, Pater Thomas. Es hat... geholfen."

Als Sven die Kirche verließ, fühlte er sich seltsam leicht. Das Gespräch mit Pater Thomas hatte ihn überrascht – nicht nur durch die Offenheit und Tiefe des Priesters, sondern auch durch seine eigene Bereitschaft, sich auf diesen Austausch einzulassen.

Er hatte nie viel für Religion übrig gehabt, hatte sie als Sammlung veralteter Dogmen und irrationaler Überzeugungen abgetan. Aber Pater Thomas hatte ihm eine andere Seite gezeigt – eine nachdenkliche, menschliche, suchende Seite. Eine, die nicht vorgab, alle Antworten zu haben, sondern die die Fragen ernst nahm und mit ihnen lebte.

Sven ging langsam nach Hause, das kleine Fläschchen mit Weihwasser in der Tasche. Er würde es mitnehmen nach Japan, nicht aus religiöser Überzeugung, sondern als Symbol. Als Erinnerung an dieses unerwartete Gespräch, an die Offenheit für das Unbekannte, die er in den letzten Monaten kultiviert hatte.

Zu Hause angekommen, packte er das Fläschchen sorgfältig in seinen Koffer, neben das Buch von Frau Huber und den Kompass von Herrn Müller. Drei Geschenke von drei sehr unterschiedlichen Menschen, die ihm auf seiner Reise – seiner inneren wie seiner äußeren – geholfen hatten.

Er setzte sich auf sein Bett und nahm sein Journal zur Hand. Es war Zeit für einen letzten Eintrag vor seiner Abreise.

"Heute Abend hatte ich ein unerwartetes Gespräch mit einem Priester, Pater Thomas. Ich war zufällig in seine Kirche geraten, auf der Suche nach einem Moment der Stille vor meiner Reise. Was als zufällige Begegnung begann, wurde zu einem tiefen Austausch über Leben, Tod und die Suche nach Sinn.

Was mich am meisten überraschte, war nicht, was Pater Thomas sagte, sondern wie er es sagte – mit einer Offenheit und Demut, die ich nicht erwartet hatte. Er gab nicht vor, alle Antworten zu haben. Er sprach von seinem Glauben nicht als von einer Sammlung unumstößlicher Wahrheiten, sondern als von einer Perspektive, einem Rahmen für die großen Fragen des Lebens.

Es erinnerte mich an etwas, das Frau Huber einmal sagte: 'Jedes Buch hat ein Stückchen Wahrheit. Aber die ganze Wahrheit? Die steht in keinem Buch. Die muss man selbst finden.'

Vielleicht ist es mit den verschiedenen spirituellen und philosophischen Traditionen ähnlich. Jede hat ein Stückchen Wahrheit. Das Christentum mit seiner Betonung der Liebe und des Mitgefühls. Der Buddhismus mit seiner Einsicht in die Vergänglichkeit und die Kunst des Präsentseins. Die Wissenschaft mit ihrer Methode des Fragens und Testens. Sogar die Statistik mit ihrem Verständnis von Wahrscheinlichkeit und Unsicherheit.

Keine hat die ganze Wahrheit. Aber jede bietet eine Perspektive, einen Weg, sich den großen Fragen zu nähern."

Sven schloss sein Journal und legte es beiseite. Er war müde, aber es war eine gute Müdigkeit. Die Müdigkeit eines Tages voller Vorbereitung und unerwarteter Begegnungen. Die Müdigkeit vor einer großen Reise.

Er legte sich hin und schloss die Augen. Morgen würde er nach Japan fliegen. Morgen würde er einen Traum verwirklichen, den er jahrelang aufgeschoben hatte. Morgen würde er einen weiteren Schritt auf seiner Reise machen – der Reise, die mit einem fallenden Joghurtbecher begonnen hatte und die ihn zu Orten und Menschen geführt hatte, die er nie erwartet hätte.

Mit diesem Gedanken schlief Sven Zimmermann ein, ruhig und voller Vorfreude auf das, was vor ihm lag.

Zen und die Kunst des Sterbens

Japan empfing Sven Zimmermann mit einem Feuerwerk der Sinne. Die Farben, die Gerüche, die Geräusche – alles war so anders, so intensiv, so lebendig. Tokio, diese pulsierende Metropole mit ihren Neonlichtern und uralten Tempeln, ihren Wolkenkratzern und versteckten Gärten, überwältigte ihn zunächst völlig.

Die ersten Tage verbrachte Sven damit, sich zu akklimatisieren, die Zeitverschiebung zu überwinden und die Stadt zu erkunden. Er besuchte den Meiji-Schrein, den Kaiserpalast, den Senso-ji-Tempel. Er verlor sich in den engen Gassen von Shinjuku, staunte über die Menschenmassen am Shibuya-Crossing, genoss die Ruhe im Ueno-Park.

Am fünften Tag seiner Reise verließ Sven Tokio und nahm den Shinkansen, den Hochgeschwindigkeitszug, nach Kyoto. Hier, in der alten Kaiserstadt mit ihren 1600 buddhistischen Tempeln und 400 Shinto-Schreinen, hoffte er, mehr über die spirituelle Seite Japans zu erfahren.

Sein Ryokan, ein traditionelles japanisches Gasthaus, lag in einer ruhigen Seitenstraße im Higashiyama-Distrikt. Es war ein altes Holzgebäude mit Tatami-Matten, Schiebetüren aus Papier und einem kleinen Garten, in dem Wasser sanft über Steine plätscherte. Die Gastgeberin, eine ältere Frau namens Yumiko, begrüßte ihn mit einer tiefen Verbeugung und führte ihn zu seinem Zimmer.

"Schreiber-san", sagte sie in gebrochenem Englisch, "willkommen in Kyoto. Ich hoffe, Sie finden hier, was Sie suchen."

Sven war überrascht über diese Formulierung. "Woher wissen Sie, dass ich etwas suche?", fragte er.

Yumiko lächelte. "Alle Reisenden suchen etwas. Besonders diejenigen, die allein reisen."

Sie zeigte ihm sein Zimmer, erklärte die Regeln des Hauses und die Funktionsweise des Futons, der traditionellen japanischen Bettrolle, die tagsüber weggeräumt und abends ausgerollt wurde.

"Wenn Sie möchten", sagte sie zum Abschluss, "gibt es morgen früh eine Zen-Meditation im Ryoan-ji-Tempel. Ich könnte Sie anmelden."

Sven zögerte nur kurz. "Ja, das würde ich gerne."

"Gut. Dann wecke ich Sie um 5 Uhr. Die Meditation beginnt bei Sonnenaufgang."

Nach Yumikos Abgang packte Sven seine Sachen aus und setzte sich dann auf die kleine Veranda, die zu seinem Zimmer gehörte. Von hier aus hatte er einen Blick auf den Garten, der trotz seiner geringen Größe eine erstaunliche Tiefe und Ruhe ausstrahlte. Ein Ahornbaum, ein kleiner Teich mit Koi-Karpfen, sorgfältig arrangierte Steine und Moose – alles schien seinen perfekten Platz zu haben.

Sven holte das Buch hervor, das Frau Huber ihm geschenkt hatte: "Zen in der Kunst des Bogenschießens". Er hatte auf dem Flug begonnen, es zu lesen, und war fasziniert von der Art und Weise, wie der Autor, ein deutscher Professor namens Eugen Herrigel, seine Erfahrungen mit dem Zen-Buddhismus durch das Erlernen des japanischen Bogenschießens beschrieb.

Eine Passage hatte ihn besonders berührt:

"Der Meister sagte: 'Der richtige Schuss bei der richtigen Gelegenheit trifft nicht, weil der Schütze es so will, sondern es ist, als ob der Bogen den Schützen in vollkommener Konzentration selbst abschösse.' Das bedeutet: Der Mensch, der Bogen, der Pfeil, das Ziel – sie sind nicht mehr getrennt, sondern werden zu einem einzigen Sein."

Diese Idee der Nicht-Dualität, des Aufhebens der Trennung zwischen Subjekt und Objekt, zwischen Handelndem und Handlung, war für Ben, der sein Leben lang in Kategorien und Unterscheidungen gedacht hatte, gleichzeitig verwirrend und faszinierend.

Der Weckruf kam früh, zu früh für Bens Geschmack. Aber er zwang sich aus dem Bett, duschte schnell und zog sich an. Yumiko erwartete ihn bereits mit einer Tasse grünem Tee und einem kleinen Frühstück aus Reis, Miso-Suppe und eingelegtem Gemüse.

"Essen Sie leicht", sagte sie. "Für die Meditation ist es besser, wenn der Magen nicht zu voll ist."

Nach dem Frühstück führte sie ihn durch die noch dunklen Straßen von Kyoto zum Ryoan-ji-Tempel, bekannt für seinen Zen-Garten, der als einer der vollkommensten seiner Art gilt.

Am Eingang des Tempels wurden sie von einem Mönch in schwarzer Robe empfangen. Er begrüßte Yumiko in Japanisch und nickte Sven freundlich zu.

"Dies ist Tanaka-san", stellte Yumiko vor. "Er wird Ihre Meditation leiten."

Sven verbeugte sich leicht. "Domo arigato gozaimasu", sagte er, einen der wenigen japanischen Sätze, die er kannte.

Tanaka lächelte. "You are welcome", antwortete er auf Englisch. "Please, follow me."

Yumiko verabschiedete sich mit einer Verbeugung und versprach, Sven später wieder abzuholen. Sven folgte Tanaka durch den Tempel zu einem kleinen Raum mit Tatami-Matten. Hier saßen bereits etwa ein Dutzend Menschen im Schneidersitz, die Augen geschlossen, die Hände in einer speziellen Position – der sogenannten Mudra – im Schoß ruhend.

Tanaka zeigte Ben, wo er sich hinsetzen sollte, und demonstrierte die korrekte Sitzhaltung: gerade Wirbelsäule, entspannte Schultern, Hände im Schoß, rechte Hand auf der linken, Daumenspitzen berühren sich leicht.

"Zazen", erklärte er leise, "ist sehr einfach. Sitzen. Atmen. Sein. Aber nicht denken. Wenn Gedanken kommen, lassen Sie sie ziehen wie Wolken am Himmel. Nicht festhalten. Nicht folgen. Nur beobachten und loslassen."

Sven nickte, obwohl er sich nicht sicher war, ob er das konnte. Nicht denken? Sein ganzes Leben hatte er gedacht, analysiert, berechnet. Wie sollte er das plötzlich abstellen?

"Wir beginnen mit 20 Minuten", sagte Tanaka. "Dann gehen wir zum Garten für Kinhin – Gehmeditation. Dann wieder 20 Minuten Zazen. Okay?"

"Okay", sagte Ben, immer noch unsicher.

Tanaka schlug eine kleine Glocke, und die Meditation begann.

Sven schloss die Augen und versuchte, sich auf seinen Atem zu konzentrieren, wie er es bei seinen Meditationsübungen zu Hause gelernt hatte. Ein. Aus. Ein. Aus.

Aber seine Gedanken wanderten ständig ab. Er dachte an Berlin, an seine Arbeit, an den Joghurt-Vorfall, an Frau Huber, an seine Liste von Dingen, die er tun wollte, bevor er starb. Er dachte an den Tod, an das Leben, an alles dazwischen.

Jedes Mal, wenn er bemerkte, dass sein Geist abgeschweift war, brachte er seine Aufmerksamkeit sanft zurück zum Atem. Ein. Aus. Ein. Aus.

Es war schwer, so schwer. Sein Rücken begann zu schmerzen, seine Beine wurden taub, sein Geist rebellierte gegen die Stille.

Und dann, ganz plötzlich, gab es einen Moment – einen kurzen, flüchtigen Moment –, in dem alles still wurde. In dem sein Geist ruhig war, sein Körper entspannt, sein Atem natürlich und mühelos. Ein Moment vollkommener Präsenz, vollkommenen Friedens.

Der Zen-Garten

Die Glocke erklang, und die erste Meditationsperiode war vorbei. Sven öffnete die Augen und sah, wie die anderen Teilnehmer sich langsam streckten und aufstanden. Tanaka gab Anweisungen für die Gehmeditation, und sie verließen den Raum, um in einer langsamen, bewussten Prozession durch den berühmten Zen-Garten zu gehen.

Der Garten war ein Meisterwerk der Einfachheit und Tiefe. Fünfzehn Steine, arrangiert in kleinen Gruppen auf einer Fläche aus sorgfältig gerechtem weißen Kies, umgeben von einer niedrigen Lehmmauer. Keine Blumen, keine Bäume, keine Statuen – nur Steine und Kies. Und doch strahlte er eine tiefe Ruhe aus, eine zeitlose Schönheit, die Sven sofort in ihren Bann zog.

Sie gingen langsam, sehr langsam um den Garten herum, ein Schritt nach dem anderen, vollkommen präsent in jeder Bewegung. Sven versuchte, seinen Geist leer zu halten, sich nur auf das Gehen zu konzentrieren, auf das Gefühl seiner Füße auf dem Boden, auf seinen Atem, auf die Bewegung seines Körpers.

Wieder war es schwer, so schwer. Aber wieder gab es Momente – kurze, kostbare Momente –, in denen er es schaffte, in denen er wirklich präsent war, wirklich hier, wirklich jetzt.

Nach der Gehmeditation kehrten sie in den Meditationsraum zurück für eine weitere Sitzperiode. Diesmal fiel es Sven etwas leichter, seinen Geist zur Ruhe zu bringen. Die Momente der Stille waren länger, tiefer. Nicht durchgängig, bei weitem nicht, aber häufiger, zugänglicher.

Als die Glocke das Ende der zweiten Periode ankündigte, fühlte Sven sich seltsam erfrischt, trotz der frühen Stunde und der unbequemen Sitzhaltung. Es war, als hätte er einen Muskel trainiert, den er nie zuvor benutzt hatte – den Muskel der Achtsamkeit, der Präsenz, des Seins ohne Denken.

Tee mit dem Zen-Meister

Nach der Meditation lud Tanaka ihn zu einer Tasse Tee ein. Sie saßen auf der Veranda des Tempels, blickten auf den Garten und tranken in Stille. Erst nach einer Weile begann Tanaka zu sprechen.

"Wie war Ihre erste Zen-Erfahrung?", fragte er.

Sven dachte nach. "Schwer", sagte er ehrlich. "Aber... interessant. Es gab Momente, in denen ich... ich weiß nicht, wie ich es beschreiben soll. In denen alles still war. Friedlich."

Tanaka nickte. "Das ist der Anfang. Der erste Blick auf Ihre wahre Natur. Auf das, was ist, wenn all das Denken, all die Geschichten, die wir uns erzählen, zur Ruhe kommen."

"Meine wahre Natur?", fragte Ben.

"Ja. Im Zen glauben wir, dass unsere wahre Natur – das, was wir wirklich sind, jenseits aller Gedanken, aller Konzepte, aller Identifikationen – bereits vollkommen ist. Bereits erleuchtet. Bereits frei. Wir müssen nichts hinzufügen, nichts verbessern. Wir müssen nur die Wolken entfernen, die diese Wahrheit verdecken."

Sven dachte darüber nach. Es war eine radikal andere Perspektive als die, mit der er aufgewachsen war – die Idee, dass wir ständig an uns arbeiten müssen, uns verbessern, mehr erreichen, mehr werden.

"Und wie entfernt man diese Wolken?", fragte er.

Tanaka lächelte. "Durch Praxis. Durch Zazen. Durch Achtsamkeit im Alltag. Durch das Loslassen von Anhaftungen und Abneigungen. Durch das Erkennen der Vergänglichkeit aller Dinge."

Er nahm einen Schluck Tee. "Wissen Sie, im Zen gibt es ein berühmtes Koan – eine Art Rätsel, das nicht mit dem logischen Verstand gelöst werden kann. Es lautet: 'Zeige mir dein ursprüngliches Gesicht, das du hattest, bevor deine Eltern geboren wurden.'"

Sven runzelte die Stirn. "Das ergibt keinen Sinn."

"Genau", sagte Tanaka mit einem Lächeln. "Es soll keinen Sinn ergeben – nicht für den denkenden Verstand. Es soll Sie über den Verstand hinausführen, zu einer direkten Erfahrung Ihrer wahren Natur."

Er stellte seine Teetasse ab. "Yumiko-san hat mir erzählt, dass Sie aus Deutschland kommen und allein reisen. Was bringt Sie nach Japan? Was suchen Sie?"

Sven zögerte. Sollte er diesem Fremden von seiner Angst vor dem Tod erzählen? Von dem Joghurt-Vorfall? Von seiner Suche nach... ja, wonach eigentlich?

"Ich... ich hatte vor einigen Monaten ein seltsames Erlebnis", begann er zögernd. "Etwas, das mich dazu gebracht hat, über den Tod nachzudenken. Über meine Sterblichkeit. Und das hat mich auf eine Reise geführt – eine innere Reise, meine ich. Ich habe verschiedene Perspektiven kennengelernt, verschiedene Wege, mit dieser... Realität umzugehen."

Tanaka nickte, sein Gesicht ernst und aufmerksam. "Die Konfrontation mit dem Tod kann ein mächtiger Lehrer sein. Im Zen betrachten wir den Tod nicht als Feind, sondern als Teil des Lebens, als natürlichen Übergang. Wir meditieren sogar manchmal über den Tod, um uns unserer Vergänglichkeit bewusst zu werden und jeden Moment vollständig zu leben."

"Aber haben Sie keine Angst?", fragte Ben. "Vor dem Sterben, meine ich. Vor dem Nichts."

Tanaka lächelte sanft. "Im Zen gibt es kein 'Nichts' im Sinne einer absoluten Leere oder Nicht-Existenz. Es gibt nur das, was wir 'Mu' nennen – Nicht-Ding, Nicht-Sein. Es ist schwer zu erklären, weil es jenseits von Sprache und Konzepten liegt. Aber es ist nicht Nichts. Es ist... alles und nichts zugleich."

Er sah Sven direkt an. "Und was die Angst betrifft: Natürlich habe ich manchmal Angst. Ich bin ein Mensch. Aber durch die Praxis habe ich gelernt, diese Angst zu beobachten, ohne mich

mit ihr zu identifizieren. Sie kommt und geht, wie alle Phänomene. Sie ist nicht 'ich'."

Er stand auf. "Kommen Sie. Ich möchte Ihnen etwas zeigen."

Sven folgte ihm durch den Tempel zu einem kleinen, abgelege-
nen Garten. Hier stand eine einzelne Steinstatue eines sitzen-
den Buddha, umgeben von blühenden Kirschbäumen. Die Blü-
tenblätter rieselten sanft zu Boden, bedeckten die Erde mit einem rosa Teppich.

"Sakura", sagte Tanaka und deutete auf die Kirschblüten. "In
Japan sind sie ein Symbol für die Vergänglichkeit des Lebens.
Sie blühen nur für kurze Zeit, vielleicht eine Woche, dann fal-
len sie. Ihre Schönheit liegt gerade in ihrer Vergänglichkeit."

Er bückte sich und hob ein Blütenblatt auf. "Sehen Sie? Perfekt. Vollkommen. Für einen Moment. Und dann vergeht es.
Wie alles. Wie wir."

Sven betrachtete das Blütenblatt in Tanakas Hand. Es war tatsächlich perfekt – zart rosa, mit feinen Adern, weich und doch
fest.

"Im Zen", fuhr Tanaka fort, "versuchen wir, wie die Kirschblüte
zu sein. Vollkommen präsent. Vollkommen lebendig. Vollkommen wir selbst, in jedem Moment. Und wenn es Zeit ist zu fallen, dann fallen wir. Ohne Bedauern, ohne Anhaftung, ohne
Angst."

Er ließ das Blütenblatt los, und ein sanfter Windhauch trug es
davon. "Das ist die Kunst des Sterbens im Zen. Nicht kämpfen.

Nicht festhalten. Einfach sein, vollkommen sein, und dann loslassen."

Sven spürte, wie etwas in ihm resonierte mit diesen Worten. Eine tiefe Wahrheit, die er nicht mit dem Verstand erfassen konnte, aber die er irgendwie... fühlte.

"Wie übt man das?", fragte er. "Diese Kunst des Sterbens?"

"Indem man die Kunst des Lebens übt", sagte Tanaka. "Indem man jeden Moment vollständig lebt. Indem man präsent ist, aufmerksam, wach. Indem man loslässt, was vergangen ist, und nicht nach dem greift, was noch nicht ist. Indem man einfach... ist."

Er lächelte. "Es klingt einfach, nicht wahr? Aber es ist die schwierigste Übung von allen. Deshalb praktizieren wir. Jeden Tag. Jeden Moment."

Sven nickte langsam. "Ich verstehe, glaube ich. Oder zumindest beginne ich zu verstehen."

"Das ist genug", sagte Tanaka. "Der Anfang des Verstehens ist oft wertvoller als das vermeintliche Ende."

Sie kehrten zur Veranda zurück, wo Yumiko bereits wartete, um Sven abzuholen. Sven verbeugte sich tief vor Tanaka.

"Danke", sagte er. "Für die Meditation. Für das Gespräch. Für... alles."

Tanaka erwiderte die Verbeugung. "Danke, dass Sie gekommen sind. Dass Sie offen waren. Dass Sie gefragt haben."

Er reichte Sven eine kleine Papierrolle. "Ein Kalligraphie-Scroll. Es zeigt das Zeichen für 'Mu' – Nicht-Ding, Nicht-Sein. Eine Erinnerung an das, was jenseits von Worten und Konzepten liegt."

Sven nahm das Geschenk dankbar an. "Ich werde es in Ehren halten."

Auf dem Rückweg zum Ryokan war Sven still, versunken in Gedanken über alles, was er erlebt und gehört hatte. Die Zen-Meditation, das Gespräch mit Tanaka, die Kirschblüten – alles hatte einen tiefen Eindruck bei ihm hinterlassen.

Im Ryokan angekommen, setzte er sich auf seine Veranda und betrachtete den kleinen Garten. Die Koi-Karpfen schwammen ruhig im Teich, die Blätter des Ahornbaums bewegten sich sanft im Wind. Alles war so einfach, so klar, so... präsent.

Sven holte sein Journal hervor und begann zu schreiben:

"Heute habe ich eine Zen-Meditation erlebt und mit einem Zen-Meister gesprochen. Es war eine tiefgreifende Erfahrung, die mir eine völlig neue Perspektive auf Leben und Tod eröffnet hat.

Im Zen geht es nicht um Theorien, nicht um Glauben, nicht um Dogmen. Es geht um direkte Erfahrung. Um das Sein im gegenwärtigen Moment. Um das Loslassen von Anhaftungen und Abneigungen. Um das Erkennen der Vergänglichkeit aller Dinge.

Tanaka zeigte mir die Kirschblüten und erklärte, dass ihre Schönheit gerade in ihrer Vergänglichkeit liegt. Sie blühen,

140

sind vollkommen für einen Moment, und dann fallen sie. Ohne Bedauern, ohne Anhaftung, ohne Angst.

Das ist die Kunst des Sterbens im Zen: Nicht kämpfen. Nicht festhalten. Einfach sein, vollkommen sein, und dann loslassen.

Es klingt so einfach, und doch ist es die schwierigste Übung von allen. Deshalb praktizieren wir. Jeden Tag. Jeden Moment.

Ich beginne zu verstehen, dass der Tod nicht das Gegenteil des Lebens ist, sondern ein Teil davon. Dass die Angst vor dem Tod nicht überwunden werden muss, sondern beobachtet, akzeptiert, losgelassen.

Und vielleicht, nur vielleicht, liegt darin die Freiheit, die ich gesucht habe."

Sven legte den Stift beiseite und blickte wieder in den Garten. Ein Blatt fiel vom Ahornbaum, segelte langsam zu Boden, landete sanft auf der Wasseroberfläche des Teichs. Die Koi-Karpfen schwammen unbeirrt weiter.

Leben und Tod, dachte Ben. So einfach. So komplex. So... natürlich.

Er schloss die Augen und atmete tief ein. Aus. Ein. Aus. Präsent. Hier. Jetzt.

Für einen Moment – einen kostbaren, flüchtigen Moment – war alles still. Friedlich. Vollkommen.

Und dann öffnete er die Augen und kehrte zurück in die Welt der Formen, der Namen, der Konzepte. Aber etwas hatte sich verändert. Ein Samen war gepflanzt worden. Ein Samen des Verstehens, der Akzeptanz, des Friedens.

Sven lächelte. Es war ein guter Anfang.

Cassys
Kristallkugel

Die restlichen Tage in Japan vergingen wie im Flug. Sven besuchte weitere Tempel in Kyoto, nahm an zwei weiteren Zen-Meditationen teil, bestieg den Fuji – ein anstrengendes, aber lohnendes Unterfangen – und verbrachte seine letzten Tage wieder in Tokio, wo er durch die quirligen Viertel Shibuya und Harajuku streifte, im Ueno-Park entspannte und im traditionellen Viertel Asakusa die letzten Souvenirs kaufte.

Die Reise hatte ihn verändert. Nicht dramatisch, nicht plötzlich, aber spürbar. Er fühlte sich ruhiger, zentrierter, präsenter. Die Zen-Meditationen, die Gespräche mit Tanaka, die Erfahrung des Alleinreisens in einem fremden Land – all das hatte ihm neue Perspektiven eröffnet, neue Möglichkeiten, über das Leben und den Tod nachzudenken.

Als er schließlich im Flugzeug zurück nach Berlin saß, mit dem Buch von Frau Huber, dem Kompass von Herrn Müller und dem Weihwasser von Pater Thomas sicher in seinem Gepäck, fühlte er sich bereit für die Rückkehr. Bereit, sein "normales" Leben wieder aufzunehmen, aber mit einem neuen Bewusstsein, einer neuen Achtsamkeit.

Die erste Woche nach seiner Rückkehr war erfüllt von Wiedersehen und Erzählen. Er besuchte seine Eltern, traf sich mit Thomas aus dem Büro und kehrte ins "Haus des Lächelns" zurück, wo Frau Huber und Herr Müller gespannt seinen Erlebnissen lauschten.

Frau Huber war schwächer geworden während seiner Abwesenheit, ihre Haut noch durchscheinender, ihre Stimme leiser. Aber ihre Augen waren noch immer wach und klar, ihr Geist scharf.

"Und? Hat Ihnen das Buch geholfen?", fragte sie, als Sven ihr von seinen Zen-Erfahrungen erzählte.

"Sehr", sagte Ben. "Es hat mir einen Einblick gegeben in eine ganz andere Art zu denken, zu sein. Ich habe viel gelernt."

"Gut", sagte Frau Huber mit einem schwachen Lächeln. "Wissen Sie, ich war auch einmal in Japan. Vor vielen Jahren. Es hat mich auch verändert."

Sie hustete, ein trockener, rasselnder Husten, der ihren ganzen Körper erschütterte. Sven reichte ihr ein Glas Wasser, das sie dankbar annahm.

"Es geht mir nicht mehr lange", sagte sie, nachdem der Husten nachgelassen hatte. "Die Ärzte sagen, es könnten Tage sein. Oder Wochen. Nicht mehr."

Sven spürte, wie sich sein Herz zusammenzog. Er hatte gewusst, dass dieser Moment kommen würde, aber es trotzdem verdrängt. "Es tut mir leid", sagte er leise.

Frau Huber winkte ab. "Nicht nötig. Ich hatte ein gutes Leben. Ein langes Leben. Und jetzt ist es Zeit zu gehen." Sie lächelte. "Wissen Sie, ich bin neugierig. Auf das, was kommt. Oder nicht kommt."

Sven nickte. Er verstand dieses Gefühl jetzt besser, nach all seinen Gesprächen, seinen Recherchen, seinen Erfahrungen. Die Neugier auf das große Unbekannte.

Das letzte Geschenk

"Ich habe noch ein Geschenk für Sie", sagte Frau Huber und deutete auf eine kleine Schachtel auf ihrem Nachttisch. "Öffnen Sie es."

Sven nahm die Schachtel und öffnete sie vorsichtig. Darin lag eine kleine Kristallkugel, nicht größer als ein Golfball, auf einem hölzernen Ständer.

"Eine Kristallkugel?", fragte er überrascht.

Frau Huber lachte leise. "Nicht irgendeine Kristallkugel. Das ist Cassys Kristallkugel."

"Cassy?"

"Cassandra. Meine Großmutter. Sie war... nun, manche würden sagen, eine Hellseherin. Andere würden sagen, eine kluge Frau mit guter Menschenkenntnis. Wie auch immer, diese Kugel gehörte ihr. Sie hat sie mir gegeben, kurz bevor sie starb. Und jetzt gebe ich sie Ihnen."

Sven war gerührt und verwirrt zugleich. "Aber... warum mir? Haben Sie keine Familie, der Sie sie geben möchten?"

"Meine Tochter lebt in Australien. Sie interessiert sich nicht für solche Dinge. Und mein Enkel..." Sie seufzte. "Er ist ein guter Junge, aber er hat seinen eigenen Weg. Nein, ich denke, Sie können sie besser gebrauchen."

Sie lehnte sich zurück, sichtlich erschöpft von der Anstrengung des Sprechens. "Cassy sagte immer, die Kugel zeigt nicht die Zukunft. Sie zeigt, was ist. Was wirklich ist, unter all den Schichten von Gedanken, Ängsten, Wünschen. Sie zeigt die Wahrheit."

Sven betrachtete die Kristallkugel. Sie war makellos klar, mit einem leichten Regenbogenschimmer, wenn das Licht in einem bestimmten Winkel darauf fiel.

"Wie... wie benutzt man sie?", fragte er.

Frau Huber lächelte. "Man schaut hinein. Mit offenem Geist, offenem Herzen. Ohne Erwartungen. Ohne zu suchen. Einfach... schauen."

Sven versuchte es. Er hielt die Kugel ins Licht und blickte hinein. Er sah... nichts. Nur das Spiel des Lichts, die Reflexionen, vielleicht sein eigenes verzerrtes Spiegelbild.

"Ich sehe nichts", sagte er entschuldigend.

"Das ist in Ordnung", sagte Frau Huber. "Es braucht Zeit. Übung. Und manchmal... manchmal ist nichts genau das, was man sehen muss."

Sie schloss kurz die Augen, offensichtlich müde. "Ich sollte jetzt ruhen. Aber kommen Sie wieder, ja? Solange ich noch hier bin."

"Natürlich", sagte Sven und stand auf. "Ruhen Sie sich aus, Frau Huber. Und... danke. Für die Kugel. Für alles."

"Gern geschehen", sagte sie mit einem schwachen Lächeln. "Und denken Sie daran: Die Kugel zeigt, was ist. Nicht was war oder sein wird. Was ist."

Der letzte Abend

Sven verließ das Hospiz mit der Kristallkugel sicher in seiner Tasche und einem schweren Herzen. Der Gedanke, dass Frau Huber bald nicht mehr da sein würde, schmerzte ihn mehr, als er erwartet hatte. Sie war in den letzten Monaten zu einer wichtigen Person in seinem Leben geworden, einer Mentorin, einer Freundin.

Zu Hause angekommen, stellte er die Kristallkugel auf seinen Schreibtisch, neben das Buch über Zen und den Kompass. Drei Geschenke von drei Menschen, die ihm auf seiner Reise geholfen hatten. Drei Symbole für drei verschiedene Wege, die Welt zu verstehen.

Er betrachtete die Kugel im Licht der untergehenden Sonne, das durch sein Fenster fiel. Wieder sah er nichts Besonderes – nur Licht, Reflexionen, vielleicht sein eigenes verzerrtes Spiegelbild.

"Die Kugel zeigt, was ist", hatte Frau Huber gesagt. Aber was war? Was war wirklich, unter all den Schichten von Gedanken, Ängsten, Wünschen?

Sven seufzte und wandte sich ab. Vielleicht würde er es eines Tages verstehen. Für jetzt war er müde, jetlagged, emotional erschöpft. Er brauchte Ruhe.

Er legte sich auf sein Sofa und schloss die Augen. Bilder von Japan tanzten durch seinen Kopf – die Tempel, die Zen-Gärten, der Fuji, die Kirschblüten. Und dazwischen immer wieder Tanakas Worte: "Nicht denken. Sein."

Sven versuchte es. Er konzentrierte sich auf seinen Atem, auf die Empfindungen in seinem Körper, auf die Geräusche um ihn herum. Ein. Aus. Ein. Aus.

Und für einen Moment – einen kurzen, kostbaren Moment – gelang es ihm. Sein Geist wurde still, sein Körper entspannt, sein Atem natürlich und mühelos. Ein Moment vollkommener Präsenz, vollkommenen Friedens.

Dann klingelte sein Telefon, und der Moment war vorbei.

Sven öffnete die Augen und griff nach seinem Smartphone. Es war Sophie vom Hospiz.

"Ben? Hier ist Sophie Berger vom 'Haus des Lächelns'."

"Hallo Sophie", sagte Ben, plötzlich alarmiert. "Ist etwas mit Frau Huber?"

"Ja", sagte Sophie, ihre Stimme sanft, aber ernst. "Sie hat sich sehr verschlechtert in den letzten Stunden. Die Ärzte sagen, es könnte heute Nacht so weit sein. Sie hat nach Ihnen gefragt."

Sven fühlte, wie sein Herz schneller schlug. "Ich komme sofort."

"Danke", sagte Sophie. "Sie wird sich freuen, Sie zu sehen."

Der Abschied

Als er im Hospiz ankam, führte Sophie ihn sofort zu Frau Hubers Zimmer. "Sie schläft jetzt", sagte sie leise. "Aber sie wacht immer wieder auf. Sie können bei ihr bleiben, wenn Sie möchten."

"Danke", sagte Ben. "Das würde ich gerne."

Er betrat das Zimmer und setzte sich leise neben Frau Hubers Bett. Sie sah so klein aus, so zerbrechlich, ihre Haut fast durchsichtig, ihr Atem flach und unregelmäßig. Aber ihr Gesicht war entspannt, friedlich.

Sven nahm vorsichtig ihre Hand. Sie war kühl, die Haut dünn wie Papier, aber er spürte noch immer einen Puls, schwach, aber stetig.

Er saß da, hielt ihre Hand und wartete. Die Minuten dehnten sich zu Stunden. Draußen wurde es dunkel. Eine Krankenschwester kam herein, überprüfte Frau Hubers Vitalzeichen, stellte die Infusion neu ein und ging wieder.

Sven blieb. Er dachte an all die Gespräche, die er mit Frau Huber geführt hatte, an all die Weisheit, die sie mit ihm geteilt hatte. An ihre Geschichten über ihre Reisen, ihre Arbeit als Journalistin, ihre Begegnungen mit verschiedenen Kulturen und Religionen. An ihre Offenheit, ihre Neugier, ihre Akzeptanz des Unbekannten.

Irgendwann, es musste nach Mitternacht gewesen sein, öffnete Frau Huber die Augen. Sie blickte sich verwirrt um, dann fiel ihr Blick auf Ben, und sie lächelte schwach.

"Sie sind gekommen", flüsterte sie.

"Natürlich", sagte Sven und drückte sanft ihre Hand. "Wie fühlen Sie sich?"

"Müde", sagte sie. "Sehr müde. Aber... bereit."

Sie schloss kurz die Augen, dann öffnete sie sie wieder. "Haben Sie... die Kugel dabei?"

Sven nickte und holte die Kristallkugel aus seiner Tasche. "Hier."

Frau Huber betrachtete sie mit einem Lächeln. "Gut. Ich möchte... Ihnen etwas zeigen."

Sie deutete schwach auf den Nachttisch. "Stellen Sie sie dort hin. Ins Licht."

Sven tat wie geheißen. Er stellte die Kristallkugel auf den Nachttisch, direkt unter die kleine Leselampe, die ein warmes, goldenes Licht verströmte.

"Jetzt... schauen Sie", flüsterte Frau Huber. "Mit offenem Geist. Offenem Herzen."

Sven beugte sich vor und blickte in die Kugel. Zunächst sah er wieder nur das Spiel des Lichts, die Reflexionen. Aber dann, ganz allmählich, begann sich etwas zu verändern. Die Reflexionen schienen sich zu bewegen, zu tanzen, Muster zu bilden.

Und plötzlich sah er... nicht Bilder, nicht wirklich, eher... Eindrücke. Gefühle. Ein Gefühl von Weite, von Freiheit. Von Verbundenheit mit allem. Von tiefer, unerschütterlicher Ruhe.

Es war, als würde er für einen Moment durch die Oberfläche der Dinge hindurchsehen, in eine tiefere Realität. Eine Realität, in der alles mit allem verbunden war, in der es keine Trennung gab, keine Angst, keinen Tod – nur Sein, reines, unbegrenztes Sein.

Und dann war es vorbei, und er sah wieder nur die Kristallkugel, das Licht, die Reflexionen.

Er blickte auf und sah, dass Frau Huber ihn beobachtete, ein wissendes Lächeln auf ihrem Gesicht.

"Sie haben es gesehen", flüsterte sie. "Nicht wahr?"

Sven nickte, unfähig zu sprechen. Was immer er gesehen oder gefühlt hatte, es war jenseits von Worten.

"Das ist es", sagte Frau Huber. "Das ist, was ist. Unter all den Schichten. Die Wahrheit."

Sie schloss die Augen, ihr Gesicht entspannt, friedlich. "Ich bin... so müde jetzt. Aber nicht... ängstlich. Nicht mehr."

Sven drückte sanft ihre Hand. "Ruhen Sie sich aus, Frau Huber. Ich bleibe hier."

"Danke", flüsterte sie, ohne die Augen zu öffnen. "Für alles."

Ihre Atmung wurde langsamer, flacher. Sven saß da, hielt ihre Hand und wartete. Die Minuten dehnten sich zu Stunden. Draußen begann es zu dämmern, ein neuer Tag brach an.

Und irgendwann, so sanft, dass Sven es kaum bemerkte, hörte Frau Huber auf zu atmen. Ihr Gesicht war entspannt, friedlich, fast lächelnd. Als wäre sie einfach eingeschlafen, hinübergeglitten in einen tiefen, traumlosen Schlaf.

Sven saß noch eine Weile da, hielt ihre nun leblose Hand und ließ die Tränen fließen, die kamen. Tränen der Trauer, ja, aber auch Tränen der Dankbarkeit, der Ehrfurcht, der Akzeptanz.

Schließlich stand er auf, beugte sich vor und küsste Frau Huber sanft auf die Stirn. "Gute Reise", flüsterte er. "Wohin auch immer sie führt."

Eine neue Perspektive

Sven verließ das Hospiz mit der Kristallkugel in seiner Tasche und einem Herzen voller gemischter Gefühle. Trauer über Frau Hubers Tod, ja, aber auch Dankbarkeit für ihre Freundschaft, ihre Weisheit, ihre letzte Lektion. Und etwas anderes, etwas Neues: ein tiefes, unerschütterliches Gefühl von... Frieden. Von Akzeptanz. Von Vertrauen in das, was ist, was war, was sein wird.

Er ging langsam nach Hause durch die erwachende Stadt. Die Sonne ging auf, tauchte die Gebäude in goldenes Licht. Menschen eilten zur Arbeit, Vögel sangen, ein neuer Tag begann.

Das Leben ging weiter. Und der Tod war ein Teil davon, ein natürlicher, notwendiger Teil. Nicht das Ende aller Dinge, sondern ein Übergang. Ein Ausatmen nach dem Einatmen. Ein Loslassen.

Sven dachte an all die verschiedenen Perspektiven, die er in den letzten Monaten kennengelernt hatte. An Dr. Weiß und ihre medizinische Sicht. An Dr. Neumann und seine neurologischen Erkenntnisse. An Pater Thomas und seine spirituelle Hoffnung. An Tanaka und seine Zen-Weisheit. An Frau Huber und ihre weltoffene Neugier.

So viele verschiedene Wege, über den Tod zu denken, ihn zu verstehen, mit ihm umzugehen. Und vielleicht, dachte Ben, waren sie alle wahr, auf ihre Weise. Vielleicht war die Wahrheit größer, komplexer, vielschichtiger als jede einzelne Perspektive.

Vielleicht war das, was er in der Kristallkugel gesehen oder gefühlt hatte – diese tiefe Verbundenheit, diese grenzenlose Weite, diese unerschütterliche Ruhe – nur ein flüchtiger Blick auf diese größere Wahrheit. Ein Blick hinter den Schleier der gewöhnlichen Realität, in eine tiefere Dimension des Seins.

Oder vielleicht war es nur ein Trick des Lichts, eine Projektion seines eigenen Geistes, ein Moment der Selbsttäuschung.

Sven wusste es nicht. Und vielleicht war das in Ordnung. Vielleicht war es, wie Frau Huber gesagt hatte, nicht wichtig, alle Antworten zu haben. Vielleicht war es wichtiger, die richtigen Fragen zu stellen, offen zu bleiben, zu suchen, zu wachsen.

Als er zu Hause ankam, stellte er die Kristallkugel wieder auf seinen Schreibtisch, neben das Buch über Zen und den Kompass. Drei Geschenke von drei Menschen, die ihm auf seiner Reise geholfen hatten. Drei Symbole für drei verschiedene Wege, die Welt zu verstehen.

Er setzte sich und nahm sein Journal zur Hand. Es war Zeit für einen Eintrag, einen wichtigen Eintrag.

"Heute ist Frau Huber gestorben. Friedlich, im Schlaf, ohne Angst. Ich war bei ihr, hielt ihre Hand, als sie ging. Es war... nicht schrecklich, wie ich früher gedacht hätte. Es war natürlich, fast schön, auf eine seltsame Weise. Ein sanftes Loslassen, ein Übergang.

Bevor sie ging, zeigte sie mir etwas in ihrer Kristallkugel, die sie mir geschenkt hatte. Ich kann nicht genau beschreiben, was ich sah oder fühlte. Es war jenseits von Worten. Aber es war real, so real wie alles, was ich je erlebt habe. Ein Gefühl von Verbundenheit, von Weite, von tiefer, unerschütterlicher Ruhe.

War es eine Vorahnung dessen, was nach dem Tod kommt? Eine Einsicht in die wahre Natur der Realität? Oder nur ein Trick des Lichts, eine Projektion meines eigenen Geistes?

Ich weiß es nicht. Und vielleicht ist das in Ordnung. Vielleicht ist es, wie Frau Huber immer sagte, nicht wichtig, alle Antworten zu haben. Vielleicht ist es wichtiger, die richtigen Fragen zu stellen, offen zu bleiben, zu suchen, zu wachsen.

Was ich weiß, ist, dass ich mich verändert habe in den letzten Monaten. Dass meine Angst vor dem Tod nicht mehr ist, was sie einmal war. Nicht verschwunden, nein, aber... transformiert. In etwas Anderes. In Neugier. In Akzeptanz. In Vertrauen.

Frau Huber hat mir viel beigebracht. Über das Leben. Über den Tod. Über das, was dazwischen liegt. Ich werde sie vermissen. Aber ich bin dankbar für die Zeit, die wir hatten. Für die Weisheit, die sie mit mir geteilt hat. Für ihre letzte Lektion.

Gute Reise, Frau Huber. Wohin auch immer sie führt."

Sven schloss sein Journal und blickte aus dem Fenster. Die Sonne stand jetzt höher am Himmel, ein neuer Tag war in vollem Gange. Das Leben ging weiter. Und er war bereit, es zu leben. Mit offenen Augen, offenem Geist, offenem Herzen.

Bereit, zu sein. Einfach zu sein. Hier und jetzt. In diesem Moment. In jedem Moment.

Wie die Kirschblüte. Vollkommen präsent. Vollkommen lebendig. Vollkommen er selbst.

Und wenn es Zeit war zu fallen, dann würde er fallen. Ohne Bedauern, ohne Anhaftung, ohne Angst.

Das war die Kunst des Lebens. Und die Kunst des Sterbens.

Das war das letzte Lächeln.

YouTube University

Sven Zimmermann saß im Schneidersitz auf seinem Sofa, den Laptop auf den Knien balancierend, und starrte auf den You-Tube-Bildschirm. Es war drei Uhr morgens, und die blaue Beleuchtung des Displays tauchte sein Wohnzimmer in ein gespenstisches Licht. Neben ihm türmten sich leere Teetassen und ein Teller mit den Krümeln dessen, was einmal ein Vollkorntoast gewesen war.

"Und dann sah ich dieses Licht", sagte die Frau auf dem Bildschirm mit tränenerstickter Stimme. "Es war so warm, so einladend. Ich spürte eine Liebe, die ich nie zuvor erfahren hatte. Und meine Großmutter war da, obwohl sie seit zwanzig Jahren tot ist. Sie sagte: 'Geh zurück, Liebes, es ist noch nicht deine Zeit.'"

Die digitale Suche

Sven nahm einen Schluck aus seiner Tasse – der Tee war längst kalt – und machte sich eine weitere Notiz in seinem mittlerweile fünften digitalen Notizbuch mit dem Titel "Nahtoderfahrun-

157

gen: Muster und Variablen". Er hatte in den letzten drei Tagen über sechzig Videos angesehen, von wissenschaftlichen Vorträgen renommierter Neurologen bis hin zu verwackelten Handyaufnahmen von selbsternannten "Todespropheten".

"Interessant", murmelte er und scrollte durch seine Notizen. "Licht: 58 von 62 Berichten. Verstorbene Verwandte: 49 von 62. Gefühl von Frieden: 55 von 62. Tunnelerfahrung: 43 von 62."

Er klickte auf das nächste Video: "SCHOCKIEREND: Mann stirbt 7 Minuten lang und sieht die HÖLLE!!!"

"Na, das wird ja heiter", seufzte er, drückte aber dennoch auf Play.

Ein Mann mit Baseballkappe und T-Shirt mit Flammenaufdruck gestikulierte wild vor der Kamera. "Ich sag euch, Leute, es war nicht dieses warme Licht und diese Kuschelei, von der alle reden! Es war FEUER! Und SCHREIE! Und dann kam dieser Typ mit Hörnern auf mich zu und sagte: 'Willkommen in der Ewigkeit, Sünder!'"

Sven runzelte die Stirn und machte sich eine Notiz: "Kulturelle Prägung? Religiöser Hintergrund? Mögliche Dramatisierung für Klicks?"

Er scrollte durch die Kommentare unter dem Video.

"DAS ist die WAHRHEIT, die sie uns VERSCHWEIGEN wollen!!!"

"Mein Cousin hat dasselbe erlebt!!!"

"Fake. Der Typ hat vor zwei Jahren behauptet, er wäre von Aliens entführt worden."

Sven schmunzelte über den letzten Kommentar und klickte auf den Kanal des Nutzers. Tatsächlich fand er ein Video mit dem Titel "ALIEN-ENTFÜHRUNG: Die WAHRHEIT, die die Regierung VERHEIMLICHT!!!"

"Vielleicht sollte ich meine Quellen etwas sorgfältiger auswählen", murmelte er und schloss das Video.

Wissenschaftliche Perspektiven

Er wechselte zu einem Vortrag von Dr. Sam Parnia, einem anerkannten Forscher auf dem Gebiet der Nahtoderfahrungen. Der Wissenschaftler sprach ruhig und sachlich über die AWARE-Studie, die Nahtoderfahrungen in Krankenhäusern untersuchte.

"Wir haben festgestellt, dass etwa 40 Prozent der Überlebenden eines Herzstillstands von bewussten Erfahrungen während ihrer Reanimation berichten", erklärte Dr. Parnia. "Etwa 10 Prozent beschreiben klassische Nahtoderfahrungen mit außerkörperlichen Erlebnissen, dem Gefühl, durch einen Tunnel zu reisen, verstorbene Verwandte zu treffen und ein Gefühl von Frieden zu empfinden."

Sven machte sich eifrig Notizen. Das waren handfeste Daten, keine sensationslüsternen Behauptungen.

"Interessanterweise", fuhr Dr. Parnia fort, "konnten wir in einigen Fällen verifizieren, dass Patienten Ereignisse während ihrer Reanimation korrekt beschrieben, die sie eigentlich nicht hätten wahrnehmen können, da sie klinisch tot waren."

Bens Finger hielt über der Tastatur inne. "Verifizierbare Wahrnehmungen während des klinischen Todes?", tippte er und unterstrich die Notiz dreimal.

Er klickte auf ein weiteres Video, diesmal von einem Neurowissenschaftler, der erklärte, wie Sauerstoffmangel im Gehirn zu Halluzinationen führen kann, die den beschriebenen Nahtoderfahrungen ähneln.

"Die Freisetzung von Dimethyltryptamin, kurz DMT, im sterbenden Gehirn könnte diese intensiven visuellen und emotionalen Erfahrungen erklären", sagte der Wissenschaftler. "DMT ist ein starkes Halluzinogen, das natürlicherweise im menschlichen Körper vorkommt und bei extremem Stress freigesetzt werden kann."

Sven nickte. Das klang plausibel. Er machte sich eine weitere Notiz: "DMT-Hypothese: Chemische Erklärung für spirituelle Erfahrung?"

Philosophische Betrachtungen

Dann stieß er auf ein Video eines Philosophieprofessors, der über die Grenzen der wissenschaftlichen Methode bei der Untersuchung von Bewusstseinszuständen sprach.

"Die Wissenschaft kann uns sagen, welche Hirnregionen aktiv sind, welche Chemikalien freigesetzt werden, aber sie kann uns nicht sagen, wie es sich anfühlt, diese Erfahrungen zu machen", erklärte der Professor. "Das ist das sogenannte 'harte Problem des Bewusstseins' – wie subjektive Erfahrungen aus physikalischen Prozessen entstehen."

Sven lehnte sich zurück und rieb sich die müden Augen. Er hatte in den letzten Tagen so viele widersprüchliche Informationen aufgenommen, dass sein Kopf schwirrte. Von wissenschaftlichen Erklärungen über religiöse Interpretationen bis hin zu Verschwörungstheorien – das Internet bot für jeden Geschmack etwas.

Er klickte auf ein Video mit dem Titel "Was passiert WIRKLICH nach dem Tod? Die 5 größten Theorien".

"Theorie Nummer eins: Nichts. Das Bewusstsein erlischt, und das war's. Game over, keine Fortsetzung, kein Highscore."

Sven schnaubte. Das war seine ursprüngliche Annahme gewesen, bevor er in dieses Kaninchenloch gestürzt war.

"Theorie Nummer zwei: Die religiöse Perspektive. Je nach Glaubensrichtung kommen wir in den Himmel, die Hölle, das Fegefeuer, werden wiedergeboren oder erreichen Nirwana."

Er dachte an seine Gespräche mit Pater Thomas und Tanaka. Ihre Überzeugungen waren so unterschiedlich und doch in gewisser Weise ähnlich – beide sprachen von einer Fortsetzung, einer Transformation.

"Theorie Nummer drei: Die Simulation. Wir leben in einer computergenerierten Realität, und der Tod ist nur das Ende dieses Levels. Danach geht's weiter zum nächsten Level oder Game Over, je nachdem, wie gut wir gespielt haben."

Sven lachte leise. "Das würde zumindest meine Joghurt-Erfahrung erklären. Ein Glitch in der Matrix."

"Theorie Nummer vier: Das Bewusstsein ist nicht an das Gehirn gebunden, sondern eine fundamentale Eigenschaft des Universums, ähnlich wie Raum, Zeit oder Energie. Nach dem Tod löst sich unser individuelles Bewusstsein auf und wird wieder Teil des universellen Bewusstseins."

Das erinnerte ihn an Dr. Neumanns Ausführungen über Quantenbewusstsein und nichtlokale Informationsverarbeitung. Kompliziert, aber faszinierend.

"Und Theorie Nummer fünf: Multiversen. Jede Entscheidung, die wir treffen, erzeugt eine neue Realität. Wenn wir in dieser Realität sterben, existieren wir in unendlich vielen anderen Realitäten weiter."

Der Lavendeltee-Zwischenfall

Sven pausierte das Video und starrte nachdenklich auf den Bildschirm. Fünf Theorien, alle mit ihren eigenen Argumenten und Anhängern. Welche davon stimmte? Oder stimmte vielleicht keine? Oder irgendwie alle?

Er klappte seinen Laptop zu und stand auf, um sich die Beine zu vertreten. Sein Blick fiel auf die Uhr: 4:17 Uhr. Er hatte die ganze Nacht damit verbracht, sich durch das Internet zu wühlen, auf der Suche nach Antworten auf die ultimative Frage.

"Ich bin offiziell zum Experten für Todestheorien geworden", murmelte er zu seinem Kühlschrank, als er in die Küche tappte, um sich einen frischen Tee zu machen. "Und was habe ich gelernt? Dass niemand wirklich weiß, was passiert."

"Vielleicht ist das der Punkt", antwortete der Kühlschrank in Bens Vorstellung. "Vielleicht geht es nicht darum, die Antwort zu kennen, sondern darum, mit der Ungewissheit zu leben."

Sven hielt inne, die Teekanne in der Hand. "Das ist... erstaunlich tiefgründig für ein Küchengerät."

"Ich habe meine Momente", erwiderte der Kühlschrank selbstgefällig.

Sven goss heißes Wasser in seine Tasse und ließ den Teebeutel hinein. Der Duft von Lavendel stieg ihm in die Nase. Frau Huber hatte ihm diesen Tee empfohlen – "Beruhigt die Nerven und klärt den Geist", hatte sie gesagt.

Er nahm die Tasse und ging zum Fenster. Draußen dämmerte es bereits, die ersten Vögel begannen zu zwitschern. Ein neuer Tag brach an.

Sven nippte an seinem Tee und dachte über alles nach, was er in den letzten Tagen gelernt hatte. Über die wissenschaftlichen Erklärungen von Dr. Neumann, die spirituellen Perspektiven von Pater Thomas und Tanaka, die pragmatische Weisheit von Frau Huber und die wilden Theorien aus den Tiefen des Internets.

Vielleicht gab es keine endgültige Antwort. Vielleicht war das Geheimnis des Todes genauso unergründlich wie das Geheimnis des Lebens. Und vielleicht war das in Ordnung so.

Er nahm einen weiteren Schluck Tee und spürte, wie die Wärme sich in seinem Körper ausbreitete. Der Lavendelduft war stärker als erwartet, fast betäubend. Sven runzelte die Stirn und betrachtete die Tasse genauer. Hatte er vielleicht zu viele Teebeutel verwendet? Oder war der Tee stärker als gedacht?

Ein leichtes Schwindelgefühl überkam ihn. Der Raum begann sich zu drehen, die Konturen verschwammen. Sven versuchte, die Tasse abzustellen, aber seine Hand gehorchte ihm nicht mehr richtig. Die Tasse entglitt seinen Fingern und zerschellte auf dem Boden.

"Das ist nicht gut", murmelte er, während er spürte, wie seine Knie nachgaben. Er versuchte, sich am Fensterbrett festzuhalten, aber seine Finger fanden keinen Halt. Die Welt kippte, und Sven fiel, fiel, fiel...

Das Letzte, was er sah, bevor die Dunkelheit ihn umfing, war das erste Sonnenlicht, das durch sein Fenster fiel und den Raum in goldenes Licht tauchte. Es erinnerte ihn an etwas, das er in einem der Videos gehört hatte: "Das Licht am Ende des Tunnels ist vielleicht nur der Anfang eines neuen Tunnels."

Dann wurde alles schwarz.

Der Lavendeltee-Zwischenfall

Das erste, was Sven wahrnahm, war das rhythmische Piepen eines Geräts. Es drang durch die Dunkelheit wie ein entfernter Leuchtturm, der ihn langsam zurück ins Bewusstsein führte. Das zweite war der Geruch – dieser unverwechselbare Krankenhausgeruch aus Desinfektionsmitteln, Medikamenten und etwas, das er nur als "institutionelle Sauberkeit" bezeichnen konnte.

Er versuchte, die Augen zu öffnen, aber seine Lider fühlten sich schwer an, als wären sie mit Blei gefüllt. Nach mehreren Anläufen gelang es ihm schließlich, einen Spalt breit zu blinzeln. Grelles Licht blendete ihn, und er kniff die Augen sofort wieder zu.

"Er kommt zu sich", hörte er eine weibliche Stimme sagen. "Herr Schreiber? Können Sie mich hören?"

Sven versuchte zu antworten, aber sein Mund war trocken wie die Sahara, und seine Zunge fühlte sich an wie ein fremdes Objekt. Ein undeutliches Krächzen war alles, was er zustande brachte.

"Nicht sprechen", sagte die Stimme. "Hier, nehmen Sie einen Schluck Wasser."

Er spürte, wie ein Strohhalm an seine Lippen geführt wurde, und trank gierig. Das kühle Wasser war das Beste, was er je geschmeckt hatte.

Langsam öffnete er die Augen wieder, diesmal vorsichtiger. Eine Krankenschwester in blauer Uniform stand neben seinem Bett und lächelte ihn an.

"Willkommen zurück, Herr Schreiber. Sie haben uns einen ganz schönen Schrecken eingejagt."

Sven blinzelte verwirrt. "Wo...?", krächzte er.

"Sie sind im Städtischen Krankenhaus. Ihre Nachbarin hat Sie gefunden. Sie lagen bewusstlos in Ihrer Wohnung."

Die Erinnerung kam in Bruchstücken zurück. YouTube-Videos bis tief in die Nacht. Der Lavendeltee. Das Schwindelgefühl. Der Sturz.

"Wie lange...?", fragte er mit rauer Stimme.

"Fast 24 Stunden. Es ist jetzt Donnerstagmorgen, kurz nach neun."

Sven versuchte, sich aufzusetzen, aber ein stechender Schmerz in seinem Kopf ließ ihn zurücksinken.

"Vorsichtig", mahnte die Krankenschwester. "Sie haben eine leichte Gehirnerschütterung von Ihrem Sturz. Außerdem hatten Sie eine schwere allergische Reaktion."

"Allergische Reaktion?", wiederholte Sven verwirrt.

"Auf den Lavendeltee, vermuten wir. Dr. Weiß wird Ihnen alles erklären. Sie kommt gleich zur Visite."

Die Diagnose

Als hätte sie nur auf ihr Stichwort gewartet, betrat Dr. Marlene Weiß das Zimmer. Sie trug ihren üblichen weißen Kittel und hatte die Haare zu einem strengen Knoten zurückgebunden. Ihr Gesichtsausdruck war eine Mischung aus professioneller Besorgnis und – war das ein Hauch von Belustigung?

"Herr Schreiber", begrüßte sie ihn und trat ans Bett. "Wie fühlen Sie sich?"

"Als hätte mich ein Bus überfahren", antwortete Sven ehrlich.

"Das kann ich mir vorstellen." Sie nahm seine Krankenakte vom Fußende des Bettes und überflog sie. "Sie hatten eine schwere anaphylaktische Reaktion auf etwas in dem Tee, den Sie getrunken haben. Vermutlich eine Kreuzallergie mit einem der Kräuter. Dazu kommt die Gehirnerschütterung vom Sturz."

"Ich wusste nicht, dass ich allergisch bin", murmelte Ben.

"Manchmal entwickeln sich Allergien erst im Erwachsenenalter", erklärte Dr. Weiß. "Oder sie waren schon immer da, aber nie stark genug, um bemerkt zu werden. In Ihrem Fall wurde die Reaktion wahrscheinlich durch die hohe Dosis ausgelöst."

"Hohe Dosis?"

"Laut Ihrer Nachbarin standen in Ihrer Küche mehrere leere Packungen Lavendeltee. Haben Sie den gesamten Inhalt auf einmal verwendet?"

Sven dachte nach. In seiner Erschöpfung und seinem Eifer, mehr über Nahtoderfahrungen zu lernen, hatte er tatsächlich mehrere Teebeutel in eine Kanne gegeben, um wach zu bleiben.

"Ich glaube schon", gab er zu. "Ich wollte... konzentriert bleiben."

Dr. Weiß seufzte. "Nun, das hat offensichtlich nicht wie geplant funktioniert. Sie hatten Glück, dass Ihre Nachbarin Sie gefunden hat. Eine allergische Reaktion dieser Stärke kann tödlich sein."

Das Wort "tödlich" hallte in Bens Kopf wider. Er hatte so viel Zeit damit verbracht, über den Tod nachzudenken, ihn zu fürchten, ihn zu erforschen – und dann wäre er fast durch einen banalen Lavendeltee gestorben.

"Hatte ich... war ich...?", begann er zögernd.

Dr. Weiß schien zu verstehen, worauf er hinauswollte. "Sie waren nicht klinisch tot, falls Sie das meinen. Ihr Herz hat nie aufgehört zu schlagen. Aber Sie waren bewusstlos und hatten Atemprobleme. Wir mussten Sie intubieren, um Ihre Atemwege offen zu halten."

Sven schluckte schwer. Das erklärte den wunden Hals.

"Haben Sie... irgendwelche Erinnerungen an die Zeit, als Sie bewusstlos waren?", fragte Dr. Weiß mit einem Anflug von professioneller Neugier.

Die Frage überraschte ihn. Hatte er etwas erlebt? Er durchsuchte sein Gedächtnis nach Bildern, Geräuschen, irgendetwas, das einer Nahtoderfahrung ähnelte. Da war nichts – nur Dunkelheit und dann das Erwachen im Krankenhaus.

"Nein", antwortete er schließlich. "Nichts. Es war, als hätte jemand einen Schalter umgelegt. Aus und wieder an."

Dr. Weiß nickte, als hätte sie nichts anderes erwartet. "Das ist die häufigste Erfahrung bei Bewusstlosigkeit. Keine Träume, keine Visionen, einfach... nichts."

Sven spürte eine seltsame Enttäuschung. Nach all seinen Recherchen, all den Berichten über Licht und Tunnel und verstorbene Verwandte – und er hatte nichts erlebt. Nicht einmal einen Hauch von dem, was andere beschrieben hatten.

"Wir werden Sie noch einen Tag zur Beobachtung hier behalten", fuhr Dr. Weiß fort. "Die Gehirnerschütterung ist nicht schwerwiegend, aber wir wollen sichergehen, dass keine Komplikationen auftreten. Und natürlich müssen wir herausfinden, worauf genau Sie allergisch reagiert haben."

Sven nickte mechanisch, noch immer in Gedanken versunken.

"Ach, und Herr Schreiber?", fügte Dr. Weiß hinzu, während sie die Krankenakte zurück ans Bettende hängte. "In Zukunft vielleicht einfach Kaffee trinken, wenn Sie wach bleiben wollen. Der ist zwar auch nicht gesund in großen Mengen, aber zumindest weniger wahrscheinlich tödlich."

Mit diesen Worten und einem angedeuteten Lächeln verließ sie das Zimmer, gefolgt von der Krankenschwester.

Die Erkenntnis

Sven blieb allein zurück mit seinen Gedanken und dem rhythmischen Piepen des Herzmonitors. Er starrte an die weiße Decke und versuchte, seine Gefühle zu sortieren.

Da war Erleichterung, natürlich – er war am Leben. Da war Dankbarkeit gegenüber seiner Nachbarin, die ihn gefunden hatte. Aber da war auch diese nagende Enttäuschung. Als hätte er eine Prüfung nicht bestanden oder ein wichtiges Ereignis verpasst.

"Lächerlich", murmelte er zu sich selbst. "Du bist enttäuscht, dass du keine Nahtoderfahrung hattest? Das ist doch absurd."

Und doch... nach all den Videos, all den Berichten, all den Theorien hatte er irgendwie gehofft, einen Blick hinter den Vorhang zu erhaschen. Einen Hinweis zu bekommen, was ihn erwartete, wenn es wirklich so weit war.

Stattdessen: nichts. Leere. Ein Filmriss.

War das alles, was ihn erwartete? Einfach... aufhören zu existieren? Kein Licht, kein Tunnel, keine verstorbenen Verwandten, die ihn willkommen hießen?

Der Gedanke war beunruhigend. Nicht weil er den Tod fürchtete – nun ja, das tat er immer noch, aber anders als zuvor –

sondern weil es so... unbefriedigend schien. So endgültig. So bedeutungslos.

Ein Klopfen an der Tür unterbrach seine düsteren Gedanken. Er drehte den Kopf und sah Sophie Berger, die Leiterin des Hospizes, in der Tür stehen. Sie trug einen bunten Schal und hielt einen kleinen Blumenstrauß in der Hand.

"Darf ich reinkommen?", fragte sie mit einem warmen Lächeln.

"Sophie!", rief Sven überrascht. "Natürlich, bitte."

Sie trat ein und stellte die Blumen auf seinen Nachttisch. "Frau Huber hat mich gebeten, sie mitzubringen. Sie hat von deinem 'kleinen Unfall' gehört und macht sich Sorgen."

"Woher weiß sie...?", begann Ben, verstummte aber, als er Sophies verschmitztes Lächeln sah.

"Deine Nachbarin ist die Schwester einer unserer Pflegerinnen", erklärte sie. "Neuigkeiten verbreiten sich schnell in unserem kleinen Netzwerk."

Sven musste lächeln. Die Welt war manchmal erstaunlich klein.

"Wie geht es Frau Huber?", fragte er.

Sophies Gesicht wurde ernst. "Nicht so gut, Ben. Die Ärzte geben ihr nicht mehr viel Zeit."

Die Nachricht traf ihn härter, als er erwartet hätte. In den letzten Wochen war Frau Huber zu einer wichtigen Person in seinem Leben geworden, einer Mentorin, einer Freundin.

"Ich muss sie besuchen, sobald ich hier raus bin", sagte er entschlossen.

"Das würde sie freuen", nickte Sophie. "Sie fragt ständig nach dir." Sie setzte sich auf den Stuhl neben seinem Bett. "Also, was ist passiert? Die Gerüchteküche spricht von einer Überdosis Lavendeltee?"

Sven seufzte und erzählte ihr die ganze Geschichte – von seiner nächtlichen YouTube-Recherche bis zu seinem Erwachen im Krankenhaus.

"Und das Verrückteste ist", schloss er, "ich bin fast enttäuscht, dass ich keine... du weißt schon... Nahtoderfahrung hatte."

Sophie betrachtete ihn mit einem nachdenklichen Blick. "Weißt du, Ben, manchmal suchen wir so verzweifelt nach Antworten, dass wir die Fragen vergessen, die wirklich wichtig sind."

"Was meinst du damit?"

"Du hast dich so sehr darauf konzentriert, was nach dem Tod kommt, dass du vergessen hast zu fragen, was vor dem Tod kommt – das Leben." Sie lehnte sich vor. "Die Menschen, die zu uns ins Hospiz kommen, haben diese eine große Gemeinsamkeit: Sie wissen, dass ihre Zeit begrenzt ist. Und weißt du, was die meisten von ihnen bereuen?"

Sven schüttelte den Kopf.

"Nicht, dass sie keine Antworten auf die großen Fragen gefunden haben. Sondern dass sie nicht mehr gelebt haben, als sie die Chance dazu hatten. Dass sie zu viel Zeit mit Sorgen verbracht haben und zu wenig mit Lachen. Zu viel mit Arbeiten und zu wenig mit Lieben."

Ihre Worte trafen ihn wie ein sanfter, aber bestimmter Schlag. War das nicht genau das, was Frau Huber ihm auch immer zu sagen versuchte?

"Ich glaube", fuhr Sophie fort, "dass du keine Nahtoderfahrung hattest, weil du sie nicht brauchst. Du brauchst eine Lebenserfahrung, Ben. Eine echte."

Er starrte sie an, unfähig zu antworten. In seinem Kopf drehten sich ihre Worte wie ein Karussell.

"Aber was ist mit all den Berichten?", fragte er schließlich. "All den Menschen, die Licht gesehen haben, verstorbene Verwandte, all das?"

Sophie zuckte mit den Schultern. "Vielleicht ist es real. Vielleicht ist es das Gehirn, das versucht, das Unbegreifliche zu verarbeiten. Vielleicht ist es beides. Oder keins davon. Der Punkt ist: Es spielt keine Rolle."

"Wie kann es keine Rolle spielen?", protestierte Ben. "Es ist die größte Frage überhaupt!"

"Ist es das?", fragte Sophie sanft. "Oder ist die größte Frage, wie wir leben sollen, solange wir die Chance dazu haben?"

Sven öffnete den Mund, um zu widersprechen, schloss ihn aber wieder. Er dachte an all die Videos, die er gesehen hatte, all die Theorien, die er studiert hatte. Und plötzlich erschien ihm alles so... nebensächlich.

"Ich glaube", sagte er langsam, "ich habe mich so sehr auf das Ende fixiert, dass ich vergessen habe, mich auf den Weg zu konzentrieren."

Sophie lächelte warm. "Das ist eine Erkenntnis, für die manche Menschen ihr ganzes Leben brauchen."

Sie stand auf und drückte sanft seine Hand. "Ruh dich aus, Ben. Und wenn du hier rauskommst, besuch Frau Huber. Sie hat nicht mehr viel Zeit, aber sie hat noch viel zu geben."

Mit diesen Worten ließ sie ihn allein mit seinen Gedanken, die sich nun in eine völlig neue Richtung bewegten.

Der Lavendeltee-Zwischenfall, wie Sven ihn später nennen würde, hatte ihm keine Antworten auf seine Fragen über den Tod gegeben. Aber vielleicht hatte er ihm etwas viel Wertvolleres gegeben: eine neue Perspektive auf das Leben.

Er schloss die Augen und ließ sich in die Kissen sinken. Der Herzmonitor piepte weiter, ein stetiger Rhythmus, der ihm sagte: Du bist am Leben. Jetzt. In diesem Moment. Was wirst du damit anfangen?

Zwischen den Welten

Weiß. Alles war weiß.

Sven blinzelte, aber die Helligkeit blieb. Kein Krankenhauszimmer, keine Geräte, keine Krankenschwester. Nur endloses, strahlendes Weiß, das sich in alle Richtungen erstreckte.

"Hallo?", rief er, und seine Stimme hallte seltsam nach, als würde sie von unsichtbaren Wänden zurückgeworfen. "Ist da jemand?"

Keine Antwort. Sven drehte sich um seine eigene Achse, suchte nach irgendeinem Anhaltspunkt, einer Orientierung in dieser grenzenlosen Leere. Er bemerkte, dass er keine Schmerzen mehr hatte – weder die pochende Gehirnerschütterung noch den wunden Hals von der Intubation. Tatsächlich fühlte er sich... leicht. Als hätte sein Körper plötzlich nur noch einen Bruchteil seines Gewichts.

"Bin ich...?", flüsterte er, wagte nicht, den Gedanken zu Ende zu führen.

"Tot?", ergänzte eine Stimme hinter ihm. "Das ist eine philosophische Frage, findest du nicht?"

Die unerwartete Begegnung

Sven wirbelte herum. Vor ihm stand ein älterer Mann mit wildem, weißem Haar und einem verschmitzten Lächeln. Er trug einen zerknitterten Anzug und keine Schuhe.

"Einstein?", fragte Sven ungläubig.

Der Mann zuckte mit den Schultern. "Wenn du meinst. Ich bin, wer du denkst, dass ich bin."

"Das... das ergibt keinen Sinn."

"Tut es das nicht?" Einstein – oder wer auch immer er war – kratzte sich am Kopf. "Ich dachte, das wäre ziemlich eindeutig. Du siehst mich als Einstein, also bin ich Einstein. Für dich zumindest."

Sven schüttelte verwirrt den Kopf. "Wo bin ich? Was ist das für ein Ort?"

"Ah, die großen Fragen!" Einstein machte eine ausladende Geste. "Du bist überall und nirgendwo. Zwischen den Welten, sozusagen. Ein Zwischenraum."

"Zwischen Leben und Tod?", fragte Sven mit plötzlich trockenem Mund.

"Wenn du es so ausdrücken willst." Einstein zuckte wieder mit den Schultern. "Ich persönlich bevorzuge 'zwischen Bewusstsein und Unbewusstsein' oder 'zwischen Realität und Imagination'. Klingt weniger endgültig, findest du nicht?"

Sven versuchte, die Informationen zu verarbeiten. War das eine Nahtoderfahrung? Halluzinierte er? War das ein Traum?

"Alles davon", antwortete Einstein, als hätte Sven die Fragen laut gestellt. "Und nichts davon. Die Grenzen sind fließend, weißt du? Wie bei der Relativitätstheorie. Alles hängt vom Beobachter ab."

"Sie können meine Gedanken lesen?", fragte Sven alarmiert.

Einstein lachte. "Natürlich kann ich das. Ich bin ein Teil von dir. Oder du bist ein Teil von mir. Je nachdem, wie man es betrachtet."

Bevor Sven antworten konnte, veränderte sich die weiße Umgebung. Plötzlich standen sie in einem gemütlichen Wohnzimmer mit einem knisternden Kamin. Einstein ließ sich in einen der Sessel fallen und deutete auf den gegenüberliegenden.

"Setz dich, mein Junge. Wir haben viel zu besprechen."

Philosophische Einsichten

Zögernd nahm Sven Platz. Der Sessel fühlte sich erstaunlich real an – weich, leicht abgenutzt, warm.

"Also", begann Einstein, "du hast Fragen über den Tod."

"Woher wissen Sie...?" Sven unterbrach sich selbst. "Richtig. Teil von mir."

Einstein zwinkerte. "Du lernst schnell. Also, was möchtest du wissen?"

Sven dachte nach. Hier saß er, in einer Art Zwischenwelt, und unterhielt sich mit Albert Einstein – oder einer Projektion seines Unterbewusstseins, die wie Einstein aussah. Wenn das keine Gelegenheit war, Antworten zu bekommen, dann wusste er nicht, was es war.

"Was passiert, wenn wir sterben?", fragte er schließlich.

Einstein seufzte theatralisch. "Direkt zur Sache, wie? Keine Aufwärmfragen? 'Wie ist das Wetter in der Zwischenwelt?' oder 'Haben Sie hier oben die Weltformel gefunden?'"

"Tut mir leid", murmelte Ben.

"Schon gut, schon gut." Einstein lehnte sich vor. "Die Wahrheit ist: Ich weiß es nicht."

"Sie... wissen es nicht?" Sven konnte seine Enttäuschung nicht verbergen.

"Niemand weiß es mit Sicherheit. Nicht einmal die Toten." Einstein lächelte geheimnisvoll. "Oder besonders die Toten."

"Das ist keine sehr hilfreiche Antwort", bemerkte Ben.

"Nein? Ich finde sie äußerst befreiend." Einstein stand auf und ging zum Kamin. "Stell dir vor, wir wüssten genau, was nach dem Tod kommt. Wo bliebe da das Geheimnis? Die Neugier? Der Glaube?"

"Aber die Angst wäre weg", argumentierte Ben.

"Wäre sie das?" Einstein drehte sich zu ihm um. "Oder würde sie nur eine andere Form annehmen? Angst vor dem Urteil, Angst vor der Ewigkeit, Angst vor dem Nichts?"

Sven hatte darauf keine Antwort.

"Die Ungewissheit", fuhr Einstein fort, "ist nicht dein Feind, Sven . Sie ist deine Begleiterin. Sie erinnert dich daran, dass du lebendig bist, dass du fühlst, dass du denkst."

Der kosmische Beobachter

Bevor Sven antworten konnte, veränderte sich die Umgebung erneut. Das gemütliche Wohnzimmer verschwand, und sie befanden sich plötzlich auf einer grünen Wiese unter einem strahlend blauen Himmel. In der Ferne waren Berge zu sehen, und ein sanfter Wind strich über das Gras.

Neben Einstein stand nun eine weitere Gestalt – eine imposante Figur in einem weißen Gewand, mit einem langen Bart und... waren das Crocs an seinen Füßen?

"Gott?", fragte Sven ungläubig.

Die Gestalt rollte mit den Augen. "Warum denken immer alle, ich sei Gott? Nur wegen des Bartes und des Gewandes? Das ist so klischeehaft."

"Entschuldigung", murmelte Ben. "Wer sind Sie dann?"

"Ich bin... nennen wir mich einen kosmischen Beobachter." Die Gestalt zuckte mit den Schultern. "Oder einen universellen Moderator. Oder einfach Fred, wenn dir das lieber ist."

"Fred?", wiederholte Sven skeptisch.

"Was? Erwartest du einen Namen mit vielen Apostrophen und unaussprechlichen Konsonanten?" Fred – oder wer auch immer er war – schüttelte den Kopf. "Namen sind Schall und Rauch, mein Junge."

Einstein nickte zustimmend. "Sehr philosophisch."

"Danke, Al", erwiderte Fred. Dann wandte er sich wieder an Ben. "Du bist also der neueste Besucher in unserer kleinen Zwischenwelt. Willkommen, willkommen."

"Danke?", sagte Sven unsicher. "Aber ich verstehe immer noch nicht, was ich hier mache oder was das alles bedeutet."

Fred setzte sich ins Gras und klopfte auf den Platz neben sich. "Komm, setz dich. Lass uns plaudern."

Sven gehorchte zögernd, während Einstein sich auf seiner anderen Seite niederließ.

"Siehst du", begann Fred, "die meisten Menschen kommen hierher, wenn sie an einem Scheideweg stehen. Zwischen Leben und Tod, ja, aber auch zwischen alten und neuen Überzeugungen, zwischen Angst und Akzeptanz."

"Und welcher bin ich?", fragte Ben.

"Alle davon", antwortete Fred mit einem Lächeln. "Du bist nicht tot, Sven . Noch nicht. Aber du bist auch nicht ganz lebendig – nicht in dem Sinne, wie du es sein könntest."

"Was soll das bedeuten?"

"Es bedeutet", mischte sich Einstein ein, "dass du zu viel Zeit damit verbracht hast, über das Ende nachzudenken, und zu wenig damit, den Weg zu genießen."

"Das hat Sophie auch gesagt", murmelte Ben.

"Kluge Frau, diese Sophie", nickte Fred anerkennend. "Du solltest öfter auf sie hören."

Eine unerwartete Wiederbegegnung

Ein Rascheln im Gras ließ Sven aufblicken. Zu seiner Überraschung hoppelte ein kleines, braunes Meerschweinchen auf sie zu.

"Klaus?", rief Sven ungläubig.

Das Meerschweinchen – sein Meerschweinchen, das vor fünfzehn Jahren gestorben war – quiekte fröhlich und sprang auf seinen Schoß.

"Hallo, alter Freund", flüsterte Sven und streichelte vorsichtig das weiche Fell. Es fühlte sich genau so an, wie er es in Erinnerung hatte.

"Siehst du", sagte Fred sanft, "manche Dinge gehen nie wirklich verloren. Sie verändern nur ihre Form."

Sven spürte, wie ihm Tränen in die Augen stiegen. Er hatte Klaus geliebt, sein erstes und einziges Haustier. Als das Meerschweinchen starb, war er untröstlich gewesen. Es war seine erste Begegnung mit dem Tod.

"Ist er... ist er glücklich?", fragte Sven mit erstickter Stimme.

Fred lächelte warm. "Was denkst du?"

Sven betrachtete das Meerschweinchen, das zufrieden auf seinem Schoß döste. "Ich denke, ja."

"Dann ist er es", bestätigte Fred.

Sie saßen eine Weile schweigend da, während Sven sein längst verstorbenes Haustier streichelte und die friedliche Umgebung auf sich wirken ließ. Es war seltsam beruhigend, hier zu sein, in dieser unmöglichen Zwischenwelt mit Einstein, einem kosmischen Beobachter namens Fred und seinem Meerschweinchen Klaus.

Die Entscheidung

"Ich muss bald zurück, oder?", fragte Sven schließlich.

Einstein nickte. "Die Zeit hier vergeht anders, aber ja, dein Körper wartet auf dich."

"Und wenn ich nicht zurückgehen will?", Die Frage überraschte Sven selbst.

Fred legte ihm eine Hand auf die Schulter. "Das ist eine Möglichkeit. Aber bist du wirklich bereit, alles zurückzulassen?

Deine Freunde, deine Arbeit, all die Bücher, die du noch nicht gelesen hast, all die Orte, die du noch nicht gesehen hast?"

Sven dachte an Frau Huber im Hospiz, die auf seinen Besuch wartete. An Sophie und ihre weisen Worte. An Dr. Weiß und ihre pragmatische Fürsorge. An all die Dinge, die er noch tun wollte, die Orte, die er besuchen wollte, die Erfahrungen, die er machen wollte.

"Nein", sagte er schließlich. "Ich bin noch nicht bereit."

"Eine weise Entscheidung", nickte Einstein.

"Bevor ich gehe", begann Sven zögernd, "gibt es... gibt es irgendeinen Rat, den ihr mir geben könnt? Irgendeine kosmische Weisheit?"

Fred und Einstein tauschten einen Blick aus.

"Die Antwort ist 42", sagte Fred mit ernstem Gesicht.

"Was?", fragte Sven verwirrt.

Einstein stieß Fred mit dem Ellbogen an. "Hör auf, ihn zu verwirren." Dann wandte er sich an Ben. "Die einzige kosmische Weisheit, die ich dir geben kann, ist diese: Lebe, bevor du stirbst."

"Das ist alles?", fragte Sven enttäuscht.

"Was hast du erwartet?", fragte Einstein mit hochgezogenen Augenbrauen. "Eine mathematische Formel für das Glück? Eine Landkarte des Jenseits? Die Lottozahlen für nächste Woche?"

"Nein, aber..."

"Die einfachsten Wahrheiten", unterbrach ihn Fred sanft, "sind oft die tiefgründigsten. Lebe, bevor du stirbst. Liebe, bevor du gehst. Lache, solange du kannst."

Sven ließ die Worte auf sich wirken. Sie waren einfach, ja. Aber vielleicht war das der Punkt.

"Es wird Zeit", sagte Einstein und stand auf. "Dein Körper ruft nach dir."

Sven nickte und hob Klaus vorsichtig von seinem Schoß. Das Meerschweinchen quiekte protestierend.

"Kann ich... kann ich ihn mitnehmen?", fragte Sven hoffnungsvoll.

Fred schüttelte den Kopf. "Manche Dinge gehören hierher. Aber die Erinnerung an ihn, die Liebe, die du für ihn empfunden hast – die kannst du mitnehmen."

Sven kniete sich hin und streichelte Klaus ein letztes Mal. "Auf Wiedersehen, alter Freund", flüsterte er. "Bis wir uns wiedersehen."

Als er aufstand, bemerkte er, dass die Umgebung zu verblassen begann. Die grüne Wiese, der blaue Himmel, sogar Einstein und Fred wurden durchscheinend.

"Was passiert jetzt?", fragte Sven alarmiert.

"Du kehrst zurück", erklärte Einstein. "Zurück in dein Leben."

"Werde ich mich an all das erinnern?", fragte Sven hastig, während die Welt um ihn herum immer transparenter wurde.

Fred lächelte geheimnisvoll. "Vielleicht. Vielleicht auch nicht. Manche Erinnerungen bleiben im Herzen, nicht im Kopf."

"Eine letzte Frage!", rief Ben, als die Gestalten vor ihm fast vollständig verschwunden waren. "War das alles real oder nur in meinem Kopf?"

Einsteins Lachen hallte durch die sich auflösende Zwischenwelt. "Natürlich ist es in deinem Kopf, Sven ! Aber warum um alles in der Welt sollte das bedeuten, dass es nicht real ist?"

Die Rückkehr

Die letzten Worte verhallten, als die Welt um Sven herum vollständig verschwand und durch Dunkelheit ersetzt wurde. Er spürte, wie er fiel, fiel, fiel...

Und dann öffnete er die Augen und sah die weiße Decke seines Krankenhauszimmers. Das rhythmische Piepen des Herzmonitors erfüllte den Raum, und durch das Fenster fiel helles Sonnenlicht.

Er war zurück.

Sven blinzelte mehrmals und versuchte, sich zu orientieren. Hatte er geträumt? War es eine Halluzination gewesen, ausgelöst durch die Medikamente? Oder hatte er tatsächlich... nein, das war unmöglich.

Und doch... da war etwas. Ein Gefühl von Frieden, von Klarheit, das er vorher nicht gehabt hatte. Als hätte jemand einen Schleier von seinen Augen genommen.

"Lebe, bevor du stirbst", murmelte er zu sich selbst. Die Worte fühlten sich richtig an, wichtig.

Ein Quieken ließ ihn aufhorchen. Er drehte den Kopf und sah auf seinem Nachttisch, neben den Blumen, die Sophie gebracht hatte, eine kleine Plüschfigur. Ein Meerschweinchen.

"Klaus?", flüsterte er ungläubig.

In diesem Moment betrat die Krankenschwester das Zimmer. "Ah, Sie sind wach! Wie fühlen Sie sich?"

Sven starrte noch immer das Plüschmeerschweinchen an. "Woher... woher kommt das?", fragte er mit rauer Stimme und deutete auf das Spielzeug.

Die Krankenschwester folgte seinem Blick. "Oh, das? Das hat eine ältere Dame vorbeigebracht. Sie sagte, Sie würden verstehen."

"Eine ältere Dame?", wiederholte Ben. "Wie hieß sie?"

Die Krankenschwester runzelte die Stirn. "Ich bin mir nicht sicher. Huber, glaube ich? Sie sagte, sie sei eine Freundin aus dem Hospiz."

Sven starrte die Krankenschwester an. "Frau Huber war hier? Aber... Sophie sagte, sie könne nicht mehr aufstehen."

"Nun, sie saß im Rollstuhl", erklärte die Krankenschwester. "Eine Pflegerin hat sie begleitet. Sie blieb nur kurz, wollte Sie nicht wecken. Aber sie bestand darauf, dass Sie das bekommen." Sie deutete auf das Plüschmeerschweinchen.

Sven nahm das Spielzeug vorsichtig in die Hand. Es war weich und braun, genau wie Klaus es gewesen war. Unter dem Halsband steckte ein kleiner Zettel. Mit zitternden Fingern zog Sven ihn hervor und faltete ihn auseinander.

In zittriger Handschrift stand dort ein einziger Satz: "Manche Dinge gehen nie wirklich verloren. Sie verändern nur ihre Form."

Sven starrte auf die Worte, während ihm ein Schauer über den Rücken lief. Genau diese Worte hatte Fred in seiner... Vision? Traum? Was auch immer es war, gesagt.

"Ist alles in Ordnung?", fragte die Krankenschwester besorgt.

Sven blickte auf und lächelte. Ein echtes, von Herzen kommendes Lächeln. "Ja", sagte er. "Alles ist in Ordnung. Besser als in Ordnung."

Als die Krankenschwester gegangen war, drückte Sven das Plüschmeerschweinchen an seine Brust und flüsterte: "Danke, Frau Huber. Ich habe verstanden."

Und zum ersten Mal seit langem fühlte er keine Angst vor dem, was kommen würde. Nur Neugier, Dankbarkeit und eine tiefe, ruhige Gewissheit, dass alles genau so war, wie es sein sollte.

Er war zwischen den Welten gewesen und zurückgekehrt. Mit einer Botschaft, die so einfach und doch so tiefgründig war: Lebe, bevor du stirbst.

Und genau das hatte er vor.

Zurück ins Leben

Der Tag der Entlassung aus dem Krankenhaus kam schneller, als Sven erwartet hatte. Nach nur zwei Tagen Beobachtung erklärte Dr. Weiß ihn für stabil genug, um nach Hause zu gehen – mit einer langen Liste von Verhaltensregeln und dem strengen Verbot, jemals wieder Lavendeltee zu trinken.

"Ich habe Ihnen eine Überweisung zum Allergologen ausgestellt", sagte sie, während sie seine Entlassungspapiere unterschrieb. "Und eine zum Psychologen."

Sven blickte von dem Plüschmeerschweinchen auf, das er seit Frau Hubers Besuch nicht mehr aus der Hand gelegt hatte. "Zum Psychologen? Warum das?"

Dr. Weiß sah ihn über ihre Brille hinweg an. "Herr Schreiber, Sie haben eine schwere allergische Reaktion erlitten, die fast tödlich verlaufen wäre. Das kann traumatisch sein. Außerdem..." Sie zögerte.

"Außerdem?", hakte Sven nach.

"Ihre Nachbarin hat mir erzählt, dass Sie in letzter Zeit... besessen von dem Thema Tod zu sein scheinen. Die YouTube-Videos, die Bücher, die Notizen. Das klingt für mich nach einer Angststörung, möglicherweise einer Thanatophobie – Todesangst."

Sven wollte widersprechen, hielt aber inne. War es nicht genau das, womit alles begonnen hatte? Die lähmende Angst vor dem Ende, ausgelöst durch einen simplen Joghurtbecher?

"Sie haben vielleicht recht", gab er schließlich zu.

Dr. Weiß nickte anerkennend. "Die Einsicht ist der erste Schritt. Der Psychologe kann Ihnen helfen, mit dieser Angst umzugehen, sie zu verstehen und zu überwinden."

"Danke", sagte Sven aufrichtig. "Aber ich glaube, ich habe in den letzten Wochen schon einiges gelernt. Über den Tod, über die Angst – und vor allem über das Leben."

Die Rückkehr nach Hause

Eine Stunde später stand er vor dem Krankenhaus, eine kleine Tasche mit seinen persönlichen Gegenständen in der einen Hand, das Plüschmeerschweinchen in der anderen. Die Frühlingssonne wärmte sein Gesicht, und ein leichter Wind trug den Duft von frisch gemähtem Gras und blühenden Bäumen heran.

Sven atmete tief ein und spürte, wie sich ein Lächeln auf seinem Gesicht ausbreitete. Die Welt erschien ihm plötzlich so viel... lebendiger. Die Farben intensiver, die Geräusche klarer, die Gerüche deutlicher. Als hätte jemand die Sättigung seines Lebens hochgedreht.

"Lebe, bevor du stirbst", murmelte er und drückte das Plüschmeerschweinchen.

Sein erster Impuls war, ein Taxi zu rufen und direkt ins Hospiz zu fahren, um Frau Huber zu besuchen. Aber Dr. Weiß hatte ihm strenge Ruhe verordnet, mindestens für den Rest des Tages. Also machte er sich auf den Weg nach Hause, mit dem Versprechen an sich selbst, Frau Huber gleich morgen zu besuchen.

Als er seine Wohnung betrat, blieb er überrascht in der Tür stehen. Alles war aufgeräumt und sauber. Die Teetassen, die sich auf dem Couchtisch gestapelt hatten, waren verschwunden, der Boden war gewischt, und auf dem Küchentisch stand ein Strauß frischer Blumen.

"Hallo?", rief er vorsichtig.

Keine Antwort. Dann fiel sein Blick auf einen Zettel neben den Blumen.

"Lieber Herr Schreiber, ich habe mir erlaubt, ein bisschen aufzuräumen. Die Schlüssel habe ich von der Polizei bekommen, als sie Ihre Wohnung überprüft haben. Ich hoffe, das ist in Ordnung. Die Blumen sind von der ganzen Hausgemeinschaft – wir sind froh, dass es Ihnen besser geht! Wenn Sie etwas brauchen, klopfen Sie einfach. Ihre Nachbarin, Frau Müller."

Sven war gerührt. Er hatte kaum Kontakt zu seinen Nachbarn, kannte die meisten nur vom Grüßen im Treppenhaus. Dass sie sich Sorgen um ihn gemacht hatten, dass Frau Müller sogar seine Wohnung aufgeräumt hatte – es gab ihm ein warmes Gefühl der Zugehörigkeit, das er lange nicht mehr gespürt hatte.

Er stellte seine Tasche ab und ging zum Kühlschrank, um sich ein Glas Wasser zu holen. Als er die Tür öffnete, fand er ihn gefüllt mit frischen Lebensmitteln – Obst, Gemüse, Milch, Eier, sogar eine hausgemachte Lasagne mit einem Zettel: "Aufwärmen bei 180 Grad, 20 Minuten. Guten Appetit! Frau Schmidt aus dem 3. Stock."

"Wow", murmelte Sven überwältigt. "Das ist..."

"Gemeinschaft", ergänzte sein Kühlschrank in seiner Vorstellung. "Das, was du vermisst hast, während du dich in deiner Wohnung verkrochen und über den Tod gegrübelt hast."

Sven lachte leise. "Du hast recht. Wie immer."

"Natürlich habe ich recht", erwiderte der Kühlschrank selbstgefällig. "Ich bin der Kühlste hier."

Die Lebensliste

Sven stöhnte über den schlechten Wortspiel, aber sein Lächeln blieb. Er nahm die Lasagne heraus und schob sie in den Ofen. Während sie aufwärmte, ging er ins Wohnzimmer und betrachtete die Bücherstapel, die Notizblöcke, die ausgedruckten Artikel – all die Zeugnisse seiner obsessiven Suche nach Antworten auf die große Frage.

Er begann, sie zu sortieren. Nicht um sie wegzuwerfen – sie waren Teil seiner Reise, Teil dessen, was ihn hierher gebracht hatte. Aber sie mussten nicht mehr sein ganzes Leben dominieren.

Als er einen der Notizblöcke durchblätterte, stieß er auf eine Liste, die er vor einigen Wochen begonnen hatte: "Dinge, die ich tun möchte, bevor ich sterbe."

1. Ein Instrument lernen (Klavier?)

2. In einem See schwimmen (auch im Winter?)

3. Einem Obdachlosen nicht nur Geld geben, sondern zuhören

4. Japan bereisen

5. Indien bereisen

6. Ein Kind zum Lachen bringen

7. Einen Baum pflanzen

8. Unter dem Sternenhimmel schlafen

9. Jemandem sagen, dass ich ihn/sie liebe

10. Etwas Bleibendes schaffen

Die Liste war länger, aber diese ersten zehn Punkte sprangen ihm ins Auge. Er hatte Japan bereits besucht, aber der Rest... der Rest wartete noch auf ihn.

Sven holte einen Stift und setzte ein Häkchen neben "Japan bereisen". Dann fügte er am Ende der Liste hinzu:

11. Frau Huber für ihre Weisheit danken

12. Meinen Nachbarn für ihre Hilfe danken

13. Jeden Tag etwas finden, wofür ich dankbar sein kann

Der Duft der Lasagne zog durch die Wohnung, und sein Magen knurrte laut. Sven legte den Notizblock beiseite und ging in die Küche. Er nahm die dampfende Lasagne aus dem Ofen, schnitt ein großzügiges Stück ab und setzte sich an den Tisch.

Der erste Bissen war himmlisch – würzig, käsig, perfekt. Sven schloss die Augen und genoss das einfache Vergnügen einer guten Mahlzeit. Wie lange war es her, dass er wirklich bewusst gegessen hatte? Dass er den Geschmack, die Textur, den Duft wahrgenommen hatte, anstatt mechanisch zu kauen, während sein Geist mit düsteren Gedanken beschäftigt war?

Nach dem Essen spülte er sein Geschirr – eine kleine, alltägliche Handlung, die plötzlich bedeutsam erschien. Dann nahm er sein Handy und schrieb eine Nachricht an Sophie: "Bin aus dem Krankenhaus entlassen. Komme morgen ins Hospiz, um Frau Huber zu besuchen. Danke für alles."

Die Antwort kam fast sofort: "Wunderbar! Frau Huber wird sich freuen. Sie hat viel von dir gesprochen. Komm am besten vormittags, da ist sie am fittesten. Bis morgen!"

Der Besuch im Hospiz

Der nächste Morgen begrüßte ihn mit Sonnenschein, der durch die Vorhänge fiel. Sven fühlte sich ausgeruht und energiegeladen wie seit Wochen nicht mehr. Er stand auf, duschte, rasierte sich sorgfältig und zog frische Kleidung an.

Beim Frühstück – ein Müsli mit frischen Früchten aus dem gefüllten Kühlschrank – plante er seinen Tag. Zuerst würde er ins Hospiz fahren, um Frau Huber zu besuchen. Dann wollte er bei Frau Müller und Frau Schmidt vorbeischauen, um sich für ihre Hilfe zu bedanken. Und am Nachmittag... am Nachmittag würde er mit seiner Liste beginnen.

Mit neuem Elan machte er sich auf den Weg zum "Haus des Lächelns". Die Fahrt kam ihm kürzer vor als sonst, vielleicht weil er diesmal nicht von Angst und Unsicherheit begleitet wurde, sondern von Vorfreude und Dankbarkeit.

Als er das Hospiz betrat, begrüßte ihn Sophie mit einer warmen Umarmung. "Ben! Wie schön, dich zu sehen! Und wie gut du aussiehst!"

"Danke", erwiderte er lächelnd. "Ich fühle mich auch gut. Besser als gut, eigentlich."

Sophie betrachtete ihn mit einem wissenden Blick. "Etwas hat sich verändert, nicht wahr? Du siehst... leichter aus. Als hättest du eine Last abgelegt."

Sven nickte. "Das habe ich. Oder zumindest einen Teil davon." Er zögerte. "Wie geht es Frau Huber?"

Sophies Lächeln wurde sanfter. "Sie hat einen guten Tag heute. Sie hat nach dir gefragt, wollte wissen, ob dir das Meerschweinchen gefällt."

Sven zog Klaus aus seiner Jackentasche. "Es ist perfekt. Woher wusste sie...?"

Sophie zuckte mit den Schultern. "Frau Huber weiß viele Dinge. Sie hat eine besondere Gabe, Menschen zu lesen, ihre Bedürfnisse zu erkennen." Sie deutete auf den Korridor. "Sie ist in ihrem Zimmer. Geh ruhig zu ihr."

Sven nickte dankbar und machte sich auf den Weg. Vor Frau Hubers Tür hielt er kurz inne, atmete tief durch und klopfte dann sanft.

"Herein", erklang eine schwache, aber klare Stimme.

Er öffnete die Tür und trat ein. Frau Huber saß in einem Sessel am Fenster, in eine warme Decke gehüllt. Sie sah blasser und fragiler aus als bei seinem letzten Besuch, aber ihre Augen leuchteten noch immer mit derselben Lebendigkeit.

" Sven ", begrüßte sie ihn mit einem warmen Lächeln. "Da bist du ja endlich. Ich habe dich erwartet."

"Frau Huber", sagte Sven und trat näher. "Es tut so gut, Sie zu sehen."

"Setz dich, mein Junge", forderte sie ihn auf und deutete auf den Stuhl neben ihrem Sessel. "Und erzähl mir von deiner Reise."

Sven setzte sich und zog das Plüschmeerschweinchen aus seiner Tasche. "Danke für Klaus. Woher wussten Sie...?"

Frau Huber lächelte geheimnisvoll. "Du hast von ihm gesprochen, als du mir von deiner Kindheit erzählt hast. Du hast gesagt, sein Tod war deine erste Begegnung mit der Sterblichkeit."

"Habe ich das?", fragte Sven überrascht. Er konnte sich nicht erinnern, Klaus erwähnt zu haben.

196

"Vielleicht nicht mit Worten", erwiderte Frau Huber mit einem Zwinkern. "Aber deine Augen haben gesprochen. Und dein Herz."

Sven betrachtete das Plüschtier in seinen Händen. "In meinem... Traum, oder was auch immer es war, im Krankenhaus, da war Klaus. Und Einstein. Und ein seltsamer Typ namens Fred, der behauptete, ein kosmischer Beobachter zu sein."

Frau Huber lachte leise. "Das klingt nach einer interessanten Gesellschaft."

"Es war seltsam", gab Sven zu. "Aber auch... tröstlich. Sie sagten mir, ich solle leben, bevor ich sterbe." Er blickte auf. "Und auf dem Zettel, den Sie mir hinterlassen haben, stand genau das, was Fred in meinem Traum gesagt hat: 'Manche Dinge gehen nie wirklich verloren. Sie verändern nur ihre Form.'"

Frau Huber hob eine Augenbraue. "Ein bemerkenswerter Zufall, nicht wahr?"

"War es das? Ein Zufall?"

Sie zuckte mit den Schultern. "Was denkst du?"

Sven dachte nach. "Ich denke... ich denke, es spielt keine Rolle. Was zählt, ist die Botschaft."

"Und was ist die Botschaft?", fragte Frau Huber sanft.

"Dass ich zu viel Zeit damit verbracht habe, über das Ende nachzudenken, und zu wenig damit, den Weg zu genießen", antwortete Ben. "Dass die Angst vor dem Tod mich davon abgehalten hat, wirklich zu leben."

Frau Huber nickte anerkennend. "Eine wertvolle Erkenntnis."

"Ich habe eine Liste", sagte Sven und zog den Notizblock aus seiner Tasche. "Dinge, die ich tun möchte, bevor ich sterbe. Ich habe sie vor Wochen begonnen, aber jetzt... jetzt will ich sie wirklich in Angriff nehmen."

Er reichte ihr die Liste, und Frau Huber setzte ihre Brille auf, um sie zu lesen. Ein Lächeln breitete sich auf ihrem Gesicht aus, während sie die Punkte durchging.

"Eine gute Liste", sagte sie schließlich. "Aber weißt du, was das Wichtigste ist?"

"Was?", fragte Ben.

"Nicht die Dinge zu tun, um sie von der Liste streichen zu können. Sondern sie zu tun, um sie wirklich zu erleben. Mit allen Sinnen, mit ganzem Herzen."

Sven nickte. "Ich verstehe."

"Gut", sagte Frau Huber zufrieden. "Dann habe ich noch einen Punkt für deine Liste."

"Welchen?"

"Lerne zu tanzen", sagte sie mit einem verschmitzten Lächeln. "Nicht nur mit den Füßen, sondern mit der Seele."

Sven lachte. "Tanzen? Ich habe zwei linke Füße."

"Umso wichtiger", beharrte Frau Huber. "Tanzen lehrt uns, im Moment zu sein, den Rhythmus des Lebens zu spüren, uns führen zu lassen von etwas Größerem als uns selbst."

Sven schrieb "Tanzen lernen" auf seine Liste und unterstrich es zweimal. "Versprochen."

Sie unterhielten sich noch eine Weile, über alles und nichts, über das Leben und den Tod, über Träume und Realität. Frau Huber erzählte von ihrer Jugend in Indien, von den Farben und Gerüchen, den Menschen und Tieren, den Tempeln und Märkten.

"Du solltest dorthin reisen", sagte sie. "Es steht auf deiner Liste, nicht wahr? Indien?"

Sven nickte. "Ja, gleich nach Japan."

"Geh zum Ganges bei Sonnenaufgang", riet sie ihm. "Sieh, wie das erste Licht des Tages auf dem Wasser tanzt, wie die Menschen ihre Gebete sprechen, ihre Rituale vollziehen. Es ist... magisch."

"Das werde ich", versprach Ben. "Und ich werde an Sie denken, wenn ich dort bin."

Frau Huber lächelte, aber ihre Augen wurden plötzlich traurig. "Ich werde nicht mehr hier sein, wenn du zurückkommst, Sven."

Die Worte trafen ihn wie ein Schlag. Natürlich wusste er, dass Frau Huber im Sterben lag, dass ihre Zeit begrenzt war. Aber es so direkt zu hören...

"Frau Huber...", begann er, unsicher, was er sagen sollte.

"Schon gut", beruhigte sie ihn. "Es ist, wie es ist. Ich habe ein langes, erfülltes Leben gehabt. Ich bin bereit zu gehen." Sie nahm seine Hand. "Aber bevor ich gehe, möchte ich dir noch etwas geben."

Sie deutete auf die Kommode neben ihrem Bett. "In der obersten Schublade ist eine kleine Schachtel. Holst du sie mir?"

Sven stand auf und öffnete die Schublade. Darin lag eine kleine, kunstvoll geschnitzte Holzschachtel. Er nahm sie heraus und reichte sie Frau Huber.

Mit zitternden Fingern öffnete sie den Deckel. In der Schachtel lag ein alter, abgenutzter Kompass.

"Das war der Kompass meines Vaters", erklärte sie. "Er hat ihn mir gegeben, als ich zu meiner ersten großen Reise aufbrach. 'Damit du immer den Weg nach Hause findest', sagte er." Sie nahm den Kompass heraus und hielt ihn Sven hin. "Jetzt möchte ich, dass du ihn hast."

"Frau Huber, ich kann das nicht annehmen", protestierte Ben. "Das ist ein Familienerbstück."

"Ich habe keine Familie mehr, Sven ", sagte sie sanft. "Keine Kinder, keine Enkel. Du bist... du bist mir in diesen letzten Wochen sehr ans Herz gewachsen. Wie der Enkel, den ich nie hatte." Sie drückte ihm den Kompass in die Hand. "Bitte. Es würde mir viel bedeuten, zu wissen, dass er in guten Händen ist. In Händen, die noch viele Abenteuer erleben werden."

Gerührt nahm Sven den Kompass entgegen. Er war schwer und kühl in seiner Hand, die Nadel zitterte leicht, bevor sie nach Norden zeigte.

"Danke", sagte er mit belegter Stimme. "Ich werde ihn in Ehren halten."

"Nicht in Ehren halten", korrigierte Frau Huber mit einem Lächeln. "Benutzen. Leben. Reisen. Entdecken."

Sven nickte. "Versprochen."

Sie unterhielten sich noch eine Weile, bis Frau Huber müde wurde. Sven verabschiedete sich mit dem Versprechen, bald wiederzukommen, und ließ sie ruhen.

Als er das Hospiz verließ, fühlte er sich seltsam leicht und schwer zugleich. Leicht, weil er einen Weg gefunden hatte, mit seiner Angst umzugehen, weil er einen neuen Sinn, eine neue Richtung gefunden hatte. Schwer, weil er wusste, dass er Frau Huber bald verlieren würde.

Aber vielleicht, dachte er, während er den Kompass in seiner Tasche berührte, vielleicht war das in Ordnung. Vielleicht war das Teil des Lebens – zu lieben, zu verlieren und weiterzumachen. Mit den Erinnerungen, den Lektionen, den Geschenken, die uns die Menschen hinterlassen, die wir auf unserem Weg treffen.

"Lebe, bevor du stirbst", murmelte er, als er in die Frühlingssonne hinaustrat. "Und ich werde leben, Frau Huber. Ich werde leben."

Die Angst vor der Angst

Die nächsten Tage vergingen in einem angenehmen Rhythmus. Sven besuchte Frau Huber täglich im Hospiz, bedankte sich bei seinen Nachbarn für ihre Hilfe und begann langsam, die Punkte auf seiner Liste in Angriff zu nehmen.

Er meldete sich für Klavierunterricht an, kaufte Bücher über Indien und recherchierte Freiwilligenarbeit in lokalen Obdachlosenunterkünften. Er pflanzte einen kleinen Apfelbaum in dem Gemeinschaftsgarten hinter seinem Wohnhaus und verbrachte einen Abend damit, die Sterne zu beobachten – wenn auch noch nicht unter ihnen zu schlafen.

Doch trotz all dieser positiven Veränderungen, trotz der neuen Energie und Lebensfreude, die er verspürte, gab es immer noch Momente, in denen die alte Angst zurückkehrte. Meistens nachts, wenn er allein in seinem Bett lag und die Stille ihn umgab. Dann kamen die Gedanken zurück, die Fragen, die Zweifel.

Was, wenn seine Erfahrung im Krankenhaus nur ein Traum gewesen war? Was, wenn der Tod doch nur Leere bedeutete, ein ewiges Nichts? Was, wenn all die spirituellen und philosophischen Perspektiven, die er kennengelernt hatte, nur Wunschdenken waren, verzweifelte Versuche der Menschheit, dem Unvermeidlichen einen Sinn zu geben?

In einer besonders unruhigen Nacht, etwa eine Woche nach seiner Entlassung aus dem Krankenhaus, wälzte Sven sich stundenlang im Bett hin und her. Die Gedanken kreisten in seinem Kopf, und je mehr er versuchte, sie zu verdrängen, desto hartnäckiger wurden sie.

Schließlich gab er auf, stand auf und ging in die Küche, um sich ein Glas Wasser zu holen. Der Kühlschrank summte leise in der nächtlichen Stille.

"Kannst nicht schlafen?", fragte der Kühlschrank in Bens Vorstellung.

"Nein", seufzte Sven und lehnte sich gegen die Küchentheke. "Die Gedanken lassen mich nicht los."

"Welche Gedanken?"

"Die üblichen. Tod. Vergänglichkeit. Die große Leere."

"Ah", machte der Kühlschrank wissend. "Die alten Freunde sind zurück."

Sven nahm einen Schluck Wasser. "Ich dachte, ich hätte sie überwunden. Nach allem, was passiert ist – dem Hospiz, Japan, dem Lavendeltee-Zwischenfall, der Zwischenwelt... Ich dachte, ich hätte Frieden gefunden."

"Frieden ist kein Ziel, das man erreicht und dann für immer hat", erwiderte der Kühlschrank weise. "Er ist ein Weg, den man immer wieder neu gehen muss."

Sven betrachtete das Glas in seiner Hand, die Wasseroberfläche, die das Mondlicht reflektierte, das durch das Küchenfenster fiel.

"Ich habe Angst vor der Angst", gestand er leise. "Ich habe Angst, dass sie zurückkommt und alles zunichte macht, was ich in den letzten Wochen gelernt und erreicht habe."

"Die Angst vor der Angst", wiederholte der Kühlschrank nachdenklich. "Das ist interessant. Du fürchtest nicht mehr so sehr den Tod selbst, sondern die Furcht davor."

Sven nickte langsam. "Ja, genau das ist es. Es ist, als hätte ich zwei Schritte vorwärts gemacht, und jetzt fürchte ich, wieder einen zurück zu machen."

"Und was wäre so schlimm daran?", fragte der Kühlschrank.

Die Frage überraschte Ben. "Was meinst du?"

"Nun, du sagst, du hast zwei Schritte vorwärts gemacht. Selbst wenn du einen zurück machst, bist du immer noch weiter als vorher."

Sven dachte darüber nach. Es stimmte. Vor ein paar Wochen noch hatte ihn die Todesangst völlig gelähmt. Jetzt lebte er wieder, traf Entscheidungen, schmiedete Pläne. Selbst wenn die Angst zurückkehrte, wäre er nicht wieder am Anfang.

"Außerdem", fuhr der Kühlschrank fort, "ist Angst nicht immer schlecht. Sie kann ein Wegweiser sein, ein Lehrer."

"Ein Lehrer?", fragte Sven skeptisch.

"Natürlich. Angst zeigt uns, was uns wichtig ist, woran wir hängen, was wir zu verlieren fürchten. Sie kann uns helfen, unsere Prioritäten zu erkennen."

Sven stellte sein Glas ab und ging zum Fenster. Draußen war die Stadt in Dunkelheit gehüllt, nur unterbrochen von Straßenlaternen und vereinzelten erleuchteten Fenstern. Irgendwo da draußen waren andere Menschen wach, kämpften mit ihren eigenen Ängsten, Sorgen, Hoffnungen.

"Ich glaube, ich sollte mit jemandem darüber sprechen", sagte er schließlich. "Mit einem Profi, meine ich."

"Die Überweisung zum Psychologen?", erinnerte der Kühlschrank.

"Ja. Dr. Weiß hatte recht. Eine Angststörung verschwindet nicht einfach, nur weil man ein paar Erkenntnisse hatte."

"Eine weise Entscheidung", lobte der Kühlschrank. "Selbsterkenntnis ist der erste Schritt zur Besserung, wie man so schön sagt."

Dr. Martina Berger war eine Frau mittleren Alters mit kurzen, grauen Haaren und einer randlosen Brille. Ihr Büro war hell und freundlich eingerichtet, mit Pflanzen auf der Fensterbank und abstrakten Gemälden an den Wänden.

"Herr Schreiber", begrüßte sie ihn mit einem warmen Lächeln und einem festen Händedruck. "Bitte, nehmen Sie Platz."

Sven setzte sich auf das angebotene Sofa und blickte sich nervös um. Er war noch nie bei einem Psychologen gewesen und wusste nicht genau, was ihn erwartete.

"Dr. Weiß hat mir Ihre Akte geschickt", begann Dr. Berger, während sie in einem Notizbuch blätterte. "Sie hatten kürzlich eine schwere allergische Reaktion, die fast tödlich verlaufen wäre."

"Ja", bestätigte Ben. "Auf Lavendeltee."

"Und davor hatten Sie bereits mit Angstzuständen zu kämpfen, insbesondere mit Todesangst?"

Sven nickte. "Es begann mit einem... einem Vorfall mit einem Joghurtbecher." Er lächelte verlegen. "Das klingt lächerlich, ich weiß."

"Überhaupt nicht", versicherte Dr. Berger. "Angst hat oft unerwartete Auslöser. Erzählen Sie mir davon."

Und Sven erzählte. Von dem Morgen, an dem der Joghurtbecher auf seinen Fuß gefallen war und eine Kette von Ereignissen ausgelöst hatte. Von seiner obsessiven Internetrecherche, seinen Besuchen bei verschiedenen spirituellen und religiösen Führern, seiner Reise nach Japan, seinem Aufenthalt im Krankenhaus und seiner seltsamen Erfahrung in der "Zwischenwelt".

Dr. Berger hörte aufmerksam zu, machte gelegentlich Notizen, unterbrach ihn aber nie. Als Sven geendet hatte, lehnte sie sich zurück und betrachtete ihn nachdenklich.

"Sie haben in kurzer Zeit viel erlebt und viel gelernt", sagte sie anerkennend. "Und es scheint, als hätten Sie bereits einige wichtige Erkenntnisse gewonnen."

"Ja", stimmte Sven zu. "Ich dachte tatsächlich, ich hätte meine Angst überwunden. Aber dann... dann kam sie zurück. Nicht so stark wie vorher, aber sie ist noch da."

"Das ist völlig normal", versicherte Dr. Berger. "Angst, besonders wenn sie tief verwurzelt ist, verschwindet selten über Nacht. Es ist ein Prozess, kein einmaliges Ereignis."

"Genau das hat mein Kühlschrank auch gesagt", murmelte Ben, bevor er sich stoppen konnte.

Dr. Berger hob eine Augenbraue. "Ihr Kühlschrank?"

Sven errötete. "Ich... ähm... führe manchmal Gespräche mit meinem Kühlschrank. In meinem Kopf, meine ich. Es hilft mir, meine Gedanken zu sortieren."

Zu seiner Überraschung lächelte Dr. Berger. "Das ist eine interessante Bewältigungsstrategie. Viele Menschen führen innere Dialoge, um ihre Gedanken zu ordnen. Dass Sie dafür Ihren

Kühlschrank als Gesprächspartner gewählt haben, ist kreativ und offenbar hilfreich für Sie."

Die wissenschaftliche Perspektive

"Wissen Sie, Herr Schreiber", fuhr Dr. Berger fort, "was Sie beschreiben, klingt nach einer spezifischen Form von Angststörung, die wir Thanatophobie nennen – die Angst vor dem Tod. Sie ist recht häufig und kann durch verschiedene Faktoren ausgelöst werden, oft durch ein traumatisches Erlebnis oder eine Nahtoderfahrung."

"Wie meine allergische Reaktion", sagte Ben.

"Möglicherweise. Obwohl es scheint, als hätte Ihre Angst schon vorher begonnen, mit dem Joghurtbecher-Vorfall. Dieser mag trivial erscheinen, war für Sie aber offenbar ein bedeutsames Ereignis, das Sie mit Ihrer eigenen Sterblichkeit konfrontiert hat."

Sven dachte nach. "Ja, das stimmt. Es war, als hätte dieser dumme Joghurtbecher einen Schalter in meinem Kopf umgelegt. Plötzlich war der Tod real, greifbar, unvermeidlich."

"Diese Erkenntnis trifft jeden Menschen irgendwann", erklärte Dr. Berger. "Manche früher, manche später. Manche können sie integrieren und weiterleben, andere – wie Sie – entwickeln eine Angststörung."

"Und wie werde ich sie los?", fragte Ben.

Dr. Berger lächelte. "Das ist die Millionen-Dollar-Frage, nicht wahr? Die gute Nachricht ist: Angststörungen sind behandelbar. Mit einer Kombination aus kognitiver Verhaltenstherapie,

Achtsamkeitsübungen und manchmal Medikamenten können die meisten Menschen lernen, mit ihrer Angst umzugehen und ein erfülltes Leben zu führen."

"Kognitive Verhaltenstherapie?", fragte Ben.

"Ein therapeutischer Ansatz, der darauf abzielt, negative Gedankenmuster zu erkennen und zu verändern", erklärte Dr. Berger. "Wir identifizieren die Gedanken, die Ihre Angst auslösen, hinterfragen sie und entwickeln alternative, realistischere Gedanken."

Sie nahm ein Blatt Papier und zeichnete ein einfaches Diagramm. "Sehen Sie, unsere Gedanken beeinflussen unsere Gefühle, die wiederum unser Verhalten beeinflussen. Wenn wir die Gedanken ändern können, ändern sich auch die Gefühle und das Verhalten."

Sven betrachtete das Diagramm. Es machte Sinn. Seine Gedanken über den Tod – dass er schrecklich, endgültig, bedeutungslos sei – hatten seine Angst ausgelöst, die wiederum zu seinem obsessiven Verhalten geführt hatte.

"Und Achtsamkeit?", fragte er.

"Achtsamkeit bedeutet, im gegenwärtigen Moment zu sein, ohne zu urteilen", erklärte Dr. Berger. "Es hilft uns, aus dem Kreislauf der Grübelei auszusteigen und zu erkennen, dass Gedanken nur Gedanken sind – nicht die Realität."

Sven erinnerte sich an seine Meditation im Zen-Tempel in Japan. Damals hatte er es nicht lange ausgehalten, aber vielleicht war es an der Zeit, es erneut zu versuchen.

"Eine letzte Frage für heute", sagte Dr. Berger. "Was gibt Ihnen Hoffnung? Was hilft Ihnen, wenn die Angst kommt?"

Sven dachte nach. "Die Menschen, die ich kennengelernt habe. Frau Huber im Hospiz, Sophie, die Hospizleiterin, Dr. Neufeld, der Neurologe, Tenzin, der Zen-Mönch. Sie alle haben mir verschiedene Perspektiven gezeigt, verschiedene Wege, mit der Ungewissheit umzugehen."

Er zögerte. "Und meine Liste. Die Dinge, die ich noch tun möchte, bevor ich... nun ja, bevor ich sterbe."

"Eine Bucket List?", fragte Dr. Berger mit einem Lächeln.

"Ja, so könnte man es nennen."

"Das ist eine wunderbare Ressource", bestätigte sie. "Sie gibt Ihnen einen Fokus auf das Leben, nicht auf den Tod. Auf das, was Sie tun können, nicht auf das, was Sie fürchten."

Sie schloss ihr Notizbuch. "Für heute sind wir am Ende unserer Zeit angelangt. Wie fühlen Sie sich?"

Sven überlegte. "Besser", sagte er schließlich. "Hoffnungsvoller. Als hätte ich... einen Plan."

"Das ist ein guter Anfang", sagte Dr. Berger anerkennend. "Sehen wir uns nächste Woche wieder? Gleiche Zeit?"

"Ja, gerne", antwortete Sven und stand auf.

Als er das Büro verließ, fühlte er sich leichter. Die Angst war nicht verschwunden – sie lauerte noch immer am Rande seines

Bewusstseins. Aber sie schien weniger überwältigend, weniger alles beherrschend.

Auf dem Heimweg kaufte er sich ein Notizbuch und begann, ein Angsttagebuch zu führen, wie Dr. Berger es vorgeschlagen hatte. Er notierte, wann die Angst auftrat, was sie ausgelöst hatte, wie intensiv sie war und was ihm half, sie zu bewältigen.

Zu seiner Überraschung stellte er fest, dass das bloße Aufschreiben bereits half. Es gab ihm das Gefühl, Kontrolle zu haben, die Angst zu objektivieren, sie außerhalb seiner selbst zu platzieren.

Die Erkenntnis

Am Abend setzte er sich auf seinen Balkon, das Notizbuch auf den Knien, und beobachtete den Sonnenuntergang. Die Farben am Himmel – Orange, Rosa, Violett – waren atemberaubend. Ein leichter Wind strich über sein Gesicht, und irgendwo in der Ferne sang ein Vogel sein Abendlied.

In diesem Moment, diesem perfekten, friedlichen Moment, spürte Sven keine Angst. Nur Dankbarkeit. Dankbarkeit für das Leben, für die Schönheit der Welt, für die Chance, all das zu erfahren.

Er schlug eine neue Seite in seinem Notizbuch auf und schrieb:

"Heute habe ich gelernt, dass die Angst vor der Angst oft schlimmer ist als die Angst selbst. Dass es in Ordnung ist, Angst zu haben, solange man sich nicht von ihr beherrschen lässt. Dass es Hilfe gibt, Wege, Techniken, Menschen, die verstehen und unterstützen.

Ich habe gelernt, dass Heilung ein Prozess ist, kein Ereignis. Dass Rückschläge normal sind und nicht bedeuten, dass man versagt hat.

Und ich habe gelernt, dass es im Leben nicht darum geht, keine Angst zu haben, sondern darum, trotz der Angst zu leben. Mutig zu sein bedeutet nicht, keine Furcht zu spüren, sondern trotz der Furcht voranzugehen."

Er schloss das Notizbuch, lehnte sich zurück und atmete tief ein. Die Luft roch nach Frühling, nach Neuanfang, nach Möglichkeiten.

Die Angst vor der Angst begann zu verblassen, ersetzt durch etwas Neues, etwas Stärkeres: die Entschlossenheit zu leben, wirklich zu leben, mit allem, was dazugehörte – den Höhen und Tiefen, der Freude und dem Schmerz, der Gewissheit und der Ungewissheit.

Es würde nicht immer einfach sein. Es würde Tage geben, an denen die Angst zurückkehrte, Tage, an denen die alten Fragen und Zweifel ihn quälten. Aber er hatte Werkzeuge, um damit umzugehen. Er hatte Menschen, die ihn unterstützten. Und er hatte einen Weg, einen Plan, eine Richtung.

Das war mehr, als er vor ein paar Wochen gehabt hatte. Und es war genug für jetzt.

Zurück ins Hospiz

Die wöchentlichen Sitzungen mit Dr. Berger wurden zu einem festen Bestandteil in Bens Leben. Mit ihrer Hilfe lernte er, seine Angst zu verstehen, sie zu akzeptieren und mit ihr umzugehen, anstatt vor ihr zu fliehen. Die Atemübungen und Entspannungstechniken, die sie ihm beibrachte, halfen ihm, die akuten Angstzustände zu bewältigen, die noch immer gelegentlich auftraten.

Parallel dazu arbeitete er weiter an seiner Liste. Er nahm Klavierstunden bei einer geduldigen älteren Dame namens Frau Keller, die nicht müde wurde, ihm die Grundlagen beizubringen, auch wenn seine Finger sich anfangs wie taube Würstchen auf den Tasten anfühlten. Er besuchte eine Obdachlosenunterkunft und half bei der Essensausgabe, hörte den Geschichten der Menschen zu, die dort Zuflucht suchten – Geschichten von Verlust, Hoffnung, Kampf und Überleben.

Und er besuchte Frau Huber. Jeden Tag, wenn möglich, saß er an ihrem Bett im Hospiz, hielt ihre Hand, las ihr vor oder hörte einfach zu, wenn sie von ihrem langen, ereignisreichen Leben erzählte.

Mit jedem Tag wurde sie schwächer. Ihre Stimme, einst klar und bestimmt, wurde leiser, brüchiger. Ihre Haut, dünn wie Pergament, schien fast durchscheinend. Aber ihre Augen behielten ihren Glanz, ihren Schalk, ihre Weisheit.

An einem milden Frühlingstag, etwa drei Wochen nach Bens Entlassung aus dem Krankenhaus, betrat er das Hospiz mit einem besonderen Geschenk für Frau Huber. Er hatte lange überlegt, was ihr Freude machen könnte, und war schließlich auf eine Idee gekommen, die ihm perfekt erschien.

"Ben!", begrüßte Sophie ihn an der Rezeption mit einem warmen Lächeln. "Schön, dich zu sehen. Frau Huber hat schon nach dir gefragt."

"Wie geht es ihr heute?", erkundigte sich Ben.

Sophies Lächeln verblasste ein wenig. "Es geht ihr... den Umständen entsprechend. Die Ärzte sagen, es ist nur noch eine Frage von Tagen."

Sven schluckte schwer. Obwohl er wusste, dass dieser Moment kommen würde, traf ihn die Nachricht hart. "Ist sie... ist sie bei Bewusstsein?"

"Ja, aber sie schläft viel. Die Medikamente machen sie müde." Sophie legte ihm eine Hand auf den Arm. "Sie wird sich freuen, dich zu sehen."

216

Sven nickte und machte sich auf den Weg zu Frau Hubers Zimmer. Er klopfte leise an die Tür und trat ein, als ein schwaches "Herein" erklang.

Frau Huber lag im Bett, umgeben von Kissen, die ihren zerbrechlichen Körper stützten. Ihr Gesicht war eingefallen, die Wangenknochen traten deutlich hervor, und dunkle Schatten lagen unter ihren Augen. Aber als sie Sven sah, erhellte ein Lächeln ihr Gesicht.

" Sven ", flüsterte sie. "Da bist du ja."

"Frau Huber", sagte Sven und trat ans Bett. Er beugte sich vor und küsste sie sanft auf die Stirn. "Wie geht es Ihnen heute?"

"Oh, mir geht es gut", antwortete sie mit einem schwachen Lächeln. "Ich bin nur ein bisschen müde. Diese Medikamente... sie nehmen einem die letzte Würde."

Sven setzte sich auf den Stuhl neben ihrem Bett und nahm ihre Hand. Sie fühlte sich kühl an, die Knochen deutlich spürbar unter der dünnen Haut.

"Ich habe Ihnen etwas mitgebracht", sagte er und zog ein Tablet aus seiner Tasche.

Frau Hubers Augen weiteten sich überrascht. "Was ist das?"

"Etwas, das ich für Sie gemacht habe", erklärte Ben. "Darf ich?"

Sie nickte, und Sven schaltete das Tablet ein. Er öffnete eine App und drehte den Bildschirm so, dass Frau Huber ihn sehen konnte.

"Das ist eine virtuelle Reise nach Indien", erklärte er. "Ich weiß, dass Sie nicht mehr dorthin reisen können, also... habe ich Indien zu Ihnen gebracht."

Auf dem Bildschirm erschien ein Video des Ganges bei Sonnenaufgang, genau wie Frau Huber es beschrieben hatte. Das goldene Licht des frühen Morgens tanzte auf dem Wasser, während Menschen am Ufer ihre Rituale vollzogen, beteten, Blumen und Kerzen ins Wasser setzten.

"Oh", hauchte Frau Huber, und ihre Augen füllten sich mit Tränen. "Oh, Sven ."

Sven wischte über den Bildschirm, und das Video wechselte zu einer Straßenszene in Varanasi – bunte Märkte, Gewürzstände, Seidengeschäfte, das Gewimmel von Menschen, Tieren, Fahrzeugen.

"Ich habe verschiedene Videos zusammengestellt", erklärte er. "Von all den Orten, von denen Sie mir erzählt haben. Der Taj Mahal, die Tempel von Khajuraho, die Strände von Goa..."

Die letzte Lektion

Frau Huber starrte gebannt auf den Bildschirm, während eine Träne ihre Wange hinablief. "Es ist wunderschön", flüsterte sie. "Genau wie ich es in Erinnerung habe."

Sie sahen sich gemeinsam die Videos an, und Sven beobachtete, wie Frau Hubers Gesicht sich veränderte – die Müdigkeit wich, die Anspannung löste sich, und für einen Moment schien sie wieder die lebhafte, neugierige Frau zu sein, die sie einmal gewesen war.

218

"Wissen Sie", sagte sie nach einer Weile, "als ich jung war, dachte ich, ich hätte alle Zeit der Welt. Ich verschob Dinge, von denen ich träumte, auf später. 'Eines Tages', sagte ich mir, 'eines Tages werde ich das tun.' Und dann, bevor ich es merkte, war mein 'eines Tages' vorbei."

Sven drückte sanft ihre Hand. "Sie haben viel erlebt, Frau Huber. Viele Orte gesehen, viele Menschen kennengelernt."

"Ja", nickte sie. "Aber es gibt immer mehr zu sehen, mehr zu erleben. Das Leben ist so reich, so voller Möglichkeiten." Sie sah ihn eindringlich an. "Verschiebe nichts auf später, Sven . Nicht eine einzige Sache, die dir wichtig ist."

"Ich verspreche es", sagte Sven ernst.

Frau Huber lächelte zufrieden und lehnte sich in die Kissen zurück. "Gut. Dann bin ich beruhigt." Sie schloss kurz die Augen, und Sven dachte schon, sie sei eingeschlafen, aber dann öffnete sie sie wieder. "Wie geht es mit deiner Liste voran?"

Sven erzählte ihr von seinen Klavierstunden, von der Freiwilligenarbeit in der Obdachlosenunterkunft, von dem Apfelbaum, den er gepflanzt hatte.

"Und das Tanzen?", fragte sie mit einem schelmischen Funkeln in den Augen.

Sven lachte verlegen. "Dazu habe ich noch nicht den Mut gefunden."

"Nun, dann wird es höchste Zeit", erklärte Frau Huber bestimmt. Sie deutete auf ihr Nachttischchen. "In der Schublade ist ein Umschlag für dich. Ich wollte ihn dir eigentlich erst später geben, aber... nun, vielleicht ist jetzt der richtige Moment."

Neugierig öffnete Sven die Schublade und fand einen cremefarbenen Umschlag mit seinem Namen darauf. Er öffnete ihn und zog einen Gutschein heraus – für zehn Tanzstunden in einer renommierten Tanzschule in der Stadt.

"Frau Huber", sagte er gerührt. "Das ist... das ist zu viel."

"Unsinn", wehrte sie ab. "Was soll ich mit meinem Geld machen? Es mit ins Grab nehmen?" Sie zwinkerte ihm zu. "Außerdem will ich sichergehen, dass du diesen Punkt auf deiner Liste nicht vergisst."

Sven beugte sich vor und umarmte sie vorsichtig. "Danke", flüsterte er. "Ich werde hingehen, versprochen."

"Gut", nickte sie zufrieden. "Und ich erwarte einen ausführlichen Bericht."

Der stille Abschied

Sie unterhielten sich noch eine Weile, aber Sven bemerkte, dass Frau Huber immer müder wurde. Ihre Augenlider wurden schwer, und ihre Antworten kamen langsamer.

"Ich sollte Sie ruhen lassen", sagte er schließlich und stand auf.

"Nein, bitte", bat Frau Huber und griff nach seiner Hand. "Bleib noch ein bisschen. Ich... ich schlafe besser, wenn jemand da ist."

Sven setzte sich wieder und hielt ihre Hand. "Natürlich bleibe ich."

Frau Huber lächelte dankbar und schloss die Augen. Ihre Atmung wurde tiefer, regelmäßiger, und bald war sie eingeschlafen.

Sven blieb sitzen und beobachtete ihr friedliches Gesicht. In diesem Moment wurde ihm bewusst, wie sehr er diese Frau liebgewonnen hatte, wie wichtig sie für ihn geworden war. Sie war mehr als nur eine weise Mentorin – sie war eine Freundin, eine Vertraute, fast wie eine Großmutter, die er nie gehabt hatte.

Der Gedanke, sie zu verlieren, schmerzte. Aber es war ein anderer Schmerz als die lähmende Angst, die er früher empfunden hatte. Es war der Schmerz der Liebe, des Abschieds, des Wissens, dass etwas Kostbares zu Ende ging.

Er saß da, hielt ihre Hand und lauschte ihrem Atem, bis die Abenddämmerung das Zimmer in sanftes Licht tauchte. Erst dann stand er leise auf, küsste Frau Huber sanft auf die Stirn und verließ das Zimmer.

Sophie wartete im Flur auf ihn. "Wie geht es dir?", fragte sie besorgt.

Sven zuckte mit den Schultern. "Es ist schwer", gab er zu. "Aber... ich bin dankbar für die Zeit, die ich mit ihr haben durfte."

Sophie nickte verstehend. "Das ist eine gesunde Einstellung. Viele Menschen konzentrieren sich so sehr auf den bevorstehenden Verlust, dass sie vergessen, die verbleibende Zeit zu schätzen."

"Das hätte ich vor ein paar Wochen auch getan", sagte Sven nachdenklich. "Aber Frau Huber hat mir beigebracht, anders zu denken."

Die neue Entscheidung

"Sophie? Ich würde gerne mehr Zeit hier verbringen. Nicht nur als Besucher, sondern... vielleicht als Freiwilliger? Wenn das möglich ist?"

Sophies Gesicht erhellte sich. "Wirklich? Das wäre wunderbar! Wir können immer Hilfe gebrauchen."

"Ich weiß nicht, ob ich... gut darin wäre", gab Sven zu. "Ich meine, mit sterbenden Menschen umzugehen."

"Niemand ist von Anfang an gut darin", versicherte Sophie. "Es ist ein Lernprozess. Aber du hast bereits etwas sehr Wichtiges gelernt – zuzuhören, präsent zu sein, nicht vor dem Schweren wegzulaufen."

Sven nickte langsam. "Ja, das stimmt wohl."

"Komm morgen vorbei, und wir besprechen die Details", schlug Sophie vor. "Wir finden sicher eine Aufgabe, die zu dir passt."

"Danke", sagte Sven aufrichtig. "Bis morgen dann."

Als er das Hospiz verließ, fühlte er eine seltsame Mischung aus Traurigkeit und Entschlossenheit. Traurigkeit über Frau Hubers nahenden Tod, aber Entschlossenheit, ihr Vermächtnis weiterzutragen – die Lektionen, die sie ihm beigebracht hatte, die Weisheit, die sie geteilt hatte.

Er würde zurückkehren ins Hospiz, nicht nur als Besucher, sondern als jemand, der helfen wollte, der da sein wollte für Menschen in ihren letzten Tagen. Es war ein Gedanke, der ihn vor wenigen Wochen noch in Panik versetzt hätte. Jetzt fühlte er sich richtig an, wichtig, bedeutsam.

Der erste Schritt zum Tanzen

Auf dem Heimweg machte er einen Umweg zur Tanzschule, deren Adresse auf dem Gutschein stand. Sie war noch geöffnet, und durch die großen Fenster konnte er Paare sehen, die elegant über das Parkett schwebten.

Sven holte tief Luft, straffte die Schultern und betrat das Gebäude. An der Rezeption meldete er sich für den Anfängerkurs an, der in zwei Tagen beginnen würde.

"Einzelperson oder Paar?", fragte die Rezeptionistin.

"Einzelperson", antwortete Ben.

"Kein Problem", lächelte sie. "Wir haben viele Einzelpersonen, die werden dann im Kurs zusammengebracht."

Als Sven die Tanzschule verließ, fühlte er ein Kribbeln in der Magengegend – eine Mischung aus Nervosität und Vorfreude. Er, Sven Zimmermann, würde tanzen lernen. Der Gedanke war absurd und wunderbar zugleich.

Auf dem weiteren Heimweg kam er an einem kleinen Park vorbei. Auf einer Bank saß ein älterer Mann, der Brotkrumen an die Tauben verteilte. Etwas an der Szene berührte Ben, und er setzte sich auf eine freie Bank in der Nähe.

Die Abendsonne tauchte den Park in goldenes Licht, ähnlich wie in dem Video vom Ganges, das er Frau Huber gezeigt hatte. Sven schloss die Augen und ließ die Wärme auf seinem Gesicht spüren, hörte dem Gurren der Tauben und dem entfernten Lachen spielender Kinder zu.

In diesem Moment überkam ihn eine tiefe Ruhe. Nicht die Leere, die er früher gesucht hatte, um der Angst zu entkommen, sondern eine Fülle, ein Gefühl des Verbundenseins mit allem um ihn herum.

Er dachte an Frau Huber, die in ihrem Bett im Hospiz schlief, vielleicht zum letzten Mal. Er dachte an all die Menschen, die er in den letzten Wochen kennengelernt hatte – Sophie, Dr. Berger, die Obdachlosen in der Unterkunft, Frau Keller, seine Klavierlehrerin. Er dachte an seine Nachbarn, die sich um ihn gekümmert hatten, als er krank war.

All diese Verbindungen, diese Beziehungen, diese geteilten Momente – sie waren es, die dem Leben Bedeutung gaben. Nicht die großen Fragen, nicht die Suche nach ultimativen Antworten, sondern die kleinen, alltäglichen Begegnungen, die Freundlichkeiten, die Gespräche, das gemeinsame Lachen und Weinen.

Sven öffnete die Augen und sah, dass der alte Mann ihn beobachtete.

"Schöner Abend, nicht wahr?", sagte der Mann mit einem freundlichen Lächeln.

"Ja", antwortete Sven und lächelte zurück. "Ein wunderschöner Abend."

"Möchten Sie?", fragte der Mann und hielt Sven die Tüte mit Brotkrumen hin.

Sven zögerte nur kurz, dann stand er auf, ging hinüber und setzte sich neben den alten Mann. "Gerne", sagte er und nahm eine Handvoll Krumen.

Gemeinsam fütterten sie die Tauben, während die Sonne langsam unterging und die ersten Sterne am Himmel erschienen. Sie sprachen nicht viel, aber es war eine angenehme, friedliche Stille.

Die Tagebuchnotiz

Zu Hause angekommen, setzte er sich an seinen Schreibtisch und öffnete sein Tagebuch. Er blätterte durch die Seiten, las seine Einträge der letzten Wochen – die Ängste, die Fragen, die Erkenntnisse, die kleinen Siege und Rückschläge.

Dann schlug er eine neue Seite auf und schrieb:

"Heute habe ich verstanden, dass es nicht darum geht, den Tod zu besiegen oder zu verstehen. Es geht darum, das Leben zu umarmen, mit allem, was dazugehört. Die Freude und den Schmerz, die Gewissheit und den Zweifel, die Verbundenheit und die Einsamkeit.

Frau Huber wird bald sterben. Ich werde sie vermissen, aber ich bin dankbar für die Zeit, die wir hatten, für die Weisheit, die sie mit mir geteilt hat.

Morgen werde ich ins Hospiz zurückkehren, nicht als jemand, der Antworten sucht, sondern als jemand, der da sein will, der helfen will, der zuhören will.

Und übermorgen werde ich tanzen lernen.

Das Leben ist seltsam und wunderbar und erschreckend und schön. Und ich bin mittendrin, nicht am Rand, nicht als Beobachter, sondern als Teilnehmer.

Ich lebe. Jetzt. In diesem Moment. Und das ist genug."

Er schloss das Tagebuch, lehnte sich zurück und lächelte. Ja, das war genug. Mehr als genug.

Die letzte Statistik

Sven hatte sich schnell in die Routine des Hospizes eingefunden. Dreimal pro Woche kam er nachmittags für einige Stunden, half bei einfachen Aufgaben, sprach mit den Bewohnern, las ihnen vor oder hörte einfach zu. Sophie hatte ihm erklärt, dass oft das Zuhören das Wichtigste sei – die Bereitschaft, da zu sein, ohne zu urteilen, ohne Ratschläge zu geben, ohne die Stille füllen zu wollen.

Es war nicht immer leicht. Manche Bewohner waren verwirrt, manche wütend, manche hatten sich bereits zurückgezogen in eine Welt, die nur sie kannten. Aber es gab auch viel Lachen, viel Wärme, viel Menschlichkeit in diesen Räumen, die dem Tod so nahe waren.

Frau Huber wurde von Tag zu Tag schwächer. Die meiste Zeit schlief sie, und wenn sie wach war, sprach sie oft wirr, verwechselte Zeiten und Orte, erkannte manchmal nicht einmal Ben. Aber es gab auch klare Momente, in denen ihr alter Geist durchschimmerte, in denen sie Sven anlächelte und seine Hand drückte, als wolle sie sagen: "Ich bin noch hier."

An einem dieser Tage, als Sven gerade dabei war, Frau Huber vorzulesen – sie hatte "Der kleine Prinz" gewünscht, ein Buch, das sie als Kind geliebt hatte – öffnete sie plötzlich die Augen und sah ihn klar an.

" Sven ", sagte sie mit überraschend fester Stimme. "Ich möchte, dass du etwas für mich tust."

Sven legte das Buch beiseite. "Natürlich, Frau Huber. Alles, was Sie möchten."

"Du bist Statistiker, nicht wahr?"

Sven nickte überrascht. "Ja, das bin ich."

"Gut", sagte sie zufrieden. "Dann möchte ich, dass du eine Statistik für mich erstellst. Meine Lebensstatistik."

"Ihre Lebensstatistik?", wiederholte Sven verwirrt.

"Ja", nickte Frau Huber. "Alle reden immer nur davon, wie viele Jahre man gelebt hat. Aber das sagt doch nichts aus über die Qualität dieser Jahre, über die Fülle, die Tiefe." Sie machte eine kurze Pause, um Atem zu holen. "Ich möchte wissen, wie oft ich gelacht habe, wie viele Menschen ich geliebt habe, wie viele Sonnenaufgänge ich gesehen habe."

Sven war gerührt von dieser Idee. "Das ist wunderschön, Frau Huber. Aber... wie soll ich das berechnen? Ich habe keine Daten darüber."

"Wir werden schätzen", erklärte sie mit einem Funkeln in den Augen. "Gemeinsam. Es muss nicht exakt sein – es geht um die Größenordnung, um das Gefühl."

Die Berechnung eines Lebens

Sven holte sein Notizbuch hervor. "In Ordnung", sagte er lächelnd. "Womit sollen wir anfangen?"

"Mit dem Lachen", entschied Frau Huber. "Wie oft lacht ein Mensch am Tag, was meinst du?"

Sven dachte nach. "Das hängt sicher von der Person ab. Manche lachen viel, manche wenig."

"Ich war eine Lacherin", sagte Frau Huber bestimmt. "Mindestens... sagen wir, 20 Mal am Tag."

Sven notierte die Zahl. "20 Mal täglich. Bei 365 Tagen im Jahr macht das 7.300 Mal pro Jahr."

"Und ich bin 89 Jahre alt", fügte Frau Huber hinzu. "Aber als Baby lacht man noch nicht so viel, und in den letzten Jahren hier..." Sie überlegte. "Lass uns sagen, ich habe 80 Jahre lang richtig gelacht."

Sven rechnete schnell. "Das wären dann etwa 584.000 Lacher in Ihrem Leben."

Frau Hubers Augen weiteten sich. "So viele? Das ist wunderbar!" Sie lächelte zufrieden. "Siehst du, das ist eine viel interessantere Zahl als 89 Jahre, findest du nicht?"

Sven nickte. "Absolut. Was möchten Sie als Nächstes berechnen?"

"Hmm", überlegte Frau Huber. "Wie wäre es mit Umarmungen? Ich war immer eine Umarmerin."

Sie arbeiteten sich durch verschiedene Kategorien: Umarmungen (geschätzt 146.000), gelesene Bücher (etwa 3.650, basierend auf einem Buch pro Woche), gegessene Mahlzeiten (ungefähr 97.455, dreimal täglich über 89 Jahre), geschriebene Briefe (etwa 5.200, basierend auf zwei pro Woche in ihren aktiven Jahren), bereiste Länder (27), gesehene Sonnenaufgänge (etwa 8.000, unter der Annahme, dass sie in ihren Reisejahren oft früh aufstand).

Je länger sie rechneten, desto lebendiger wurde Frau Huber. Ihre Augen leuchteten, ihre Stimme wurde kräftiger, und sie gestikulierte beim Erzählen. Es war, als würde die Erinnerung an all diese Erfahrungen, all diese Momente, ihr neue Energie geben.

"Und wie viele Menschen habe ich wohl geliebt?", fragte sie nachdenklich.

Sven zögerte. "Das ist schwer zu quantifizieren. Was meinen Sie mit 'lieben'?"

"Alle Arten von Liebe", erklärte Frau Huber. "Romantische Liebe, Freundschaftsliebe, familiäre Liebe, die Liebe zu Fremden, die für einen Moment in mein Leben traten und es berührten."

Sven dachte nach. "Vielleicht könnten wir es in Kategorien ein-
teilen? Tiefe, langanhaltende Liebe und... flüchtigere Verbindungen?"

Frau Huber nickte zustimmend. "Eine gute Idee. Also, tiefe
Liebe... da waren meine Eltern, meine Schwester, mein Mann
natürlich, meine drei besten Freundinnen, mein Neffe..." Sie
zählte an den Fingern ab. "Etwa 15 Menschen, würde ich sagen."

"Und die flüchtigeren Verbindungen?", fragte Ben.

"Oh, da waren so viele", seufzte Frau Huber. "Der Straßenmu-
siker in Paris, der mich zum Weinen brachte. Die alte Frau in
Indien, die mir Tee anbot, obwohl sie selbst kaum etwas hatte.
Der kleine Junge im Zug, der mir seine Süßigkeiten gab, weil
ich traurig aussah." Sie lächelte bei den Erinnerungen. "Hunderte, vielleicht tausende solcher Begegnungen."

Sven notierte auch diese Zahlen. "Das ergibt etwa 15 tiefe Lie-
besbeziehungen und, sagen wir, 2.000 bedeutsame Begegnungen."

"Das klingt richtig", nickte Frau Huber zufrieden. "Siehst du,
Sven , das ist mein wahres Vermächtnis. Nicht die Jahre, die
ich gelebt habe, sondern die Liebe, das Lachen, die Verbindungen, die Erfahrungen."

Die Visualisierung

Sven betrachtete die Liste, die sie erstellt hatten. Es war eine
beeindruckende Sammlung von Zahlen, die zusammen ein reiches, erfülltes Leben zeichneten.

"Darf ich das für Sie visualisieren?", fragte er. "Eine richtige Statistik daraus machen, mit Grafiken und allem?"

Frau Hubers Gesicht erhellte sich. "Oh, das wäre wunderbar! Mein Leben in Zahlen und Bildern."

"Ich bringe es Ihnen morgen mit", versprach Ben.

Frau Huber drückte seine Hand. "Danke, Sven . Das bedeutet mir sehr viel." Dann wurde ihr Blick ernst. "Und wenn ich... wenn ich nicht mehr hier bin, wenn du zurückkommst, dann gib es Sophie. Sie wird wissen, was damit zu tun ist."

Sven schluckte schwer. "Das werde ich nicht tun müssen. Sie werden es selbst sehen."

Frau Huber lächelte nur sanft und schloss die Augen. "Wir werden sehen", murmelte sie, bevor sie wieder in den Schlaf glitt.

Sven saß noch eine Weile bei ihr, hielt ihre Hand und beobachtete ihr friedliches Gesicht. Dann stand er leise auf und verließ das Zimmer.

Zu Hause angekommen, machte er sich sofort an die Arbeit. Er übertrug die Zahlen in eine Tabelle, berechnete Durchschnitte, erstellte Grafiken. Er arbeitete die ganze Nacht durch, getrieben von dem Wunsch, Frau Hubers Leben in all seiner Fülle darzustellen.

Am Ende hatte er ein 20-seitiges Dokument erstellt, voller Diagramme, Grafiken und Tabellen, aber auch mit kleinen Anekdoten und Erinnerungen, die Frau Huber ihm im Laufe ihrer Gespräche erzählt hatte. Er nannte es "Cäcilia Hubers Leben in Zahlen: Eine statistische Analyse eines außergewöhnlichen Daseins".

Auf der letzten Seite fügte er eine besondere Grafik hinzu: eine Wordcloud aus Wörtern, die Frau Huber oft benutzte – "Liebe", "Lachen", "Leben", "Jetzt", "Dankbarkeit", "Freude", "Verbundenheit". Das größte Wort in der Mitte war "Lächeln".

Der Abschied

Sven druckte das Dokument aus, band es in eine schöne Mappe und machte sich am nächsten Morgen auf den Weg ins Hospiz. Er war aufgeregt, Frau Huber seine Arbeit zu zeigen, und hoffte, dass sie Freude daran haben würde.

Als er das Hospiz betrat, wusste er sofort, dass etwas nicht stimmte. Die Atmosphäre war anders, gedämpfter, und Sophie, die sonst immer an der Rezeption saß, war nirgends zu sehen.

Mit einem mulmigen Gefühl im Magen ging Sven den Flur entlang zu Frau Hubers Zimmer. Die Tür stand offen, und als er eintrat, sah er Sophie, die am leeren Bett stand und die frisch bezogenen Laken glatt strich.

"Sophie?", fragte Ben, obwohl er die Antwort bereits kannte.

Sie drehte sich um, und er sah die Tränen in ihren Augen. "Oh, Ben", sagte sie leise. "Es tut mir so leid. Sie ist heute Morgen gegangen, kurz vor Sonnenaufgang."

Sven spürte, wie ihm die Knie weich wurden. Er hatte gewusst, dass dieser Moment kommen würde, hatte sich darauf vorbereitet, und doch traf ihn die Nachricht wie ein Schlag.

"War... war jemand bei ihr?", fragte er mit belegter Stimme.

Sophie nickte. "Ja, ich war da. Sie ist friedlich eingeschlafen, Ben. Kein Kampf, kein Schmerz. Sie hat einfach aufgehört zu atmen."

Sven sank auf den Stuhl neben dem Bett, die Mappe mit der Statistik fest an seine Brust gedrückt. "Hat sie noch etwas gesagt?"

"Ja", antwortete Sophie sanft. "Sie hat nach dir gefragt. Und dann hat sie gelächelt und gesagt: 'Sag ihm, dass ich noch eine Zahl für seine Statistik habe: Unendlich. So viel Dankbarkeit fühle ich.'"

Die Tränen, die Sven zurückgehalten hatte, brachen nun hervor. Er weinte nicht aus Verzweiflung oder Angst, sondern aus Liebe und Dankbarkeit und ja, auch aus Trauer über den Verlust einer Freundin, einer Mentorin, einer Seelenverwandten.

Das Vermächtnis

Sophie setzte sich neben ihn und legte einen Arm um seine Schultern. Sie weinten gemeinsam, teilten ihren Schmerz und ihre Erinnerungen an eine bemerkenswerte Frau.

Nach einer Weile wischte Sven sich die Tränen aus den Augen und reichte Sophie die Mappe. "Das ist für sie", sagte er. "Ihre Lebensstatistik. Sie hat mich gestern darum gebeten."

Sophie nahm die Mappe und öffnete sie vorsichtig. Als sie die Seiten durchblätterte, die Grafiken und Zahlen sah, die Anekdoten und Erinnerungen, begann sie zu lächeln durch ihre Tränen.

"Das ist wunderschön, Ben", sagte sie bewegt. "Sie hätte es geliebt."

"Sie sagte, ich solle es Ihnen geben, wenn... wenn sie nicht mehr da wäre", erklärte Ben. "Sie würden wissen, was damit zu tun ist."

Sophie nickte langsam. "Ja, ich denke, das tue ich." Sie schloss die Mappe und stand auf. "Komm mit."

Sven folgte ihr durch die Flure des Hospizes bis zu einem Raum, den er noch nie betreten hatte. Es war ein heller, freundlicher Raum mit Bücherregalen an den Wänden und gemütlichen Sesseln in der Mitte.

"Das ist unser Erinnerungsraum", erklärte Sophie. "Hier bewahren wir die Geschichten unserer Bewohner auf, ihre Fotos, ihre Briefe, alles, was sie uns hinterlassen haben." Sie ging zu einem der Regale und zeigte auf eine Reihe von Büchern und Mappen. "Jeder Bewohner hat seinen eigenen Platz hier. Die Familien können jederzeit kommen und in den Erinnerungen blättern, und auch neue Bewohner finden oft Trost darin, die Geschichten derer zu lesen, die vor ihnen hier waren."

Sie nahm Bens Mappe und stellte sie ins Regal. "Frau Hubers Lebensstatistik wird hier einen Ehrenplatz bekommen. Sie wird anderen Mut machen, ihr eigenes Leben zu reflektieren, nicht in Jahren, sondern in Momenten, in Verbindungen, in Liebe."

Sven betrachtete das Regal mit all den Geschichten, all den Leben, die hier verewigt waren. Es war ein tröstlicher Gedanke, dass Frau Hubers Weisheit, ihre Lebensfreude, ihre besondere Art, die Welt zu sehen, auf diese Weise weiterleben würde.

"Darf ich... darf ich noch etwas hinzufügen?", fragte er zögernd.

"Natürlich", nickte Sophie.

Sven nahm sein Notizbuch heraus, riss eine Seite heraus und schrieb:

"Für Frau Huber,

die mir beigebracht hat, dass es nicht darauf ankommt, wie lange man lebt, sondern wie tief.

Die mir gezeigt hat, dass die wahre Statistik des Lebens nicht in Jahren gemessen wird, sondern in Lächeln, in Umarmungen, in geteilten Momenten.

Die mir geholfen hat, meine Angst vor dem Tod in Dankbarkeit für das Leben zu verwandeln.

Mit unendlicher Dankbarkeit,

Sven "

Er faltete das Blatt und legte es in die Mappe. Dann stellte er sie zurück ins Regal, zwischen all die anderen Geschichten, all die anderen Leben.

Der Weg geht weiter

"Danke", sagte er leise zu Sophie.

"Nein, Ben", erwiderte sie mit einem warmen Lächeln. "Wir danken dir. Für deine Zeit, deine Fürsorge, deine Bereitschaft, da zu sein. Das ist das größte Geschenk, das man einem Menschen machen kann, besonders am Ende seines Lebens."

Sie verließen gemeinsam den Erinnerungsraum und gingen zurück zur Rezeption. Sven fühlte sich seltsam leicht, trotz der Trauer, die noch immer in ihm war. Es war, als hätte Frau Huber ihm ein letztes Geschenk hinterlassen – die Erkenntnis, dass der Tod nicht das Ende der Geschichte ist, sondern nur das Ende eines Kapitels.

"Wirst du weiterhin als Freiwilliger kommen?", fragte Sophie, als sie die Rezeption erreichten.

Sven nickte ohne zu zögern. "Ja, natürlich. Mehr denn je."

"Das freut mich", sagte Sophie aufrichtig. "Du hast eine besondere Gabe, Ben. Die Fähigkeit, zuzuhören, präsent zu sein, Verbindungen herzustellen. Das ist selten und wertvoll."

Sven lächelte dankbar. "Ich habe von den Besten gelernt."

Als er das Hospiz verließ, blieb er kurz stehen und blickte zum Himmel hinauf. Es war ein klarer, sonniger Tag, und ein leichter Wind trug den Duft von Frühlingsblumen heran.

"Danke, Frau Huber", flüsterte er. "Für alles."

Dann machte er sich auf den Weg nach Hause, mit einem Herzen voller Trauer, aber auch voller Dankbarkeit und einem tiefen Gefühl des Friedens. Die letzte Statistik war erstellt, das Kapitel abgeschlossen. Aber die Geschichte ging weiter, seine Geschichte, und er war entschlossen, sie zu einem Meisterwerk zu machen – nicht gemessen in Jahren, sondern in Momenten, in Verbindungen, in Liebe.

Auf dem Heimweg kam er an der Tanzschule vorbei. Heute war sein dritter Unterrichtstag, und langsam begann er, Spaß daran zu finden. Seine Tanzpartnerin, eine freundliche Frau namens Elena, hatte viel Geduld mit seinen zwei linken Füßen, und gemeinsam lachten sie über seine Missgeschicke.

Sven blieb stehen und betrachtete das Gebäude. Frau Huber hatte ihm dieses Geschenk gemacht, hatte darauf bestanden, dass er tanzen lernte – nicht nur mit den Füßen, sondern mit der Seele.

"Ich werde heute für Sie tanzen, Frau Huber", versprach er leise. "Mit der Seele."

Der Abschied

Die Beerdigung von Frau Huber fand an einem strahlenden Frühlingstag statt. Der Himmel leuchtete in tiefem Blau, und ein sanfter Wind trug den Duft von frisch gemähtem Gras und blühenden Blumen über den kleinen Friedhof am Stadtrand.

Sven stand etwas abseits der kleinen Trauergemeinde. Er trug einen dunklen Anzug, den er extra für diesen Anlass gekauft hatte, und hielt einen Strauß weißer Lilien in der Hand – Frau Hubers Lieblingsblumen, wie Sophie ihm verraten hatte.

Es waren nicht viele Menschen gekommen. Ein paar entfernte Verwandte, die Sven noch nie gesehen hatte, einige Mitarbeiter des Hospizes, darunter natürlich Sophie, und drei oder vier ältere Damen, die offenbar Freundinnen von Frau Huber gewesen waren. Eine kleine, aber würdevolle Versammlung für eine außergewöhnliche Frau.

Die Trauerfeier

Der Pfarrer, ein freundlich aussehender Mann mittleren Alters, sprach über das Leben und den Tod, über Hoffnung und Glauben, über die Reise der Seele. Seine Worte klangen tröstlich, aber irgendwie fühlten sie sich für Sven nicht ganz passend an. Sie schienen Frau Huber nicht gerecht zu werden, ihrer Lebensfreude, ihrer Weisheit, ihrer ganz eigenen Art, die Welt zu sehen.

Als der offizielle Teil der Zeremonie vorbei war und der Sarg langsam in die Erde hinabglitt, trat Sophie vor und räusperte sich.

"Frau Huber hat sich gewünscht, dass wir an ihrem Grab nicht nur trauern, sondern auch feiern", sagte sie mit fester Stimme. "Feiern, dass sie gelebt hat, dass sie geliebt hat, dass sie Teil unseres Lebens war. Sie hat darum gebeten, dass jeder von uns eine Erinnerung an sie teilt, einen Moment, der uns mit ihr verbindet."

Sophie begann selbst, erzählte von ihrem ersten Treffen mit Frau Huber, davon, wie die alte Dame ins Hospiz gekommen war – nicht mit Angst oder Resignation, sondern mit Neugier und Offenheit, als wäre der Tod nur ein weiteres Abenteuer, das es zu erleben galt.

Nach und nach traten andere vor, teilten ihre Geschichten, ihre Erinnerungen. Die Nichte erzählte von Kindheitssommern in Frau Hubers Garten, von Märchen am Kamin und selbstgebackenen Keksen. Eine der älteren Damen erinnerte sich an gemeinsame Reisen, an Abenteuer in fernen Ländern, an Lachen unter fremden Sternen.

Schließlich war Sven an der Reihe. Er trat zögernd vor, unsicher, was er sagen sollte, wie er in Worte fassen konnte, was Frau Huber für ihn bedeutet hatte.

"Ich kannte Frau Huber nur kurze Zeit", begann er mit leicht zitternder Stimme. "Aber in diesen wenigen Wochen hat sie mein Leben verändert. Als ich sie kennenlernte, war ich... verloren. Gefangen in meiner Angst vor dem Tod, unfähig, das Leben zu genießen."

Er holte tief Luft und fuhr fort: "Frau Huber hat mir beigebracht, dass der Tod nicht der Feind des Lebens ist, sondern sein Begleiter. Dass die Endlichkeit dem Leben Bedeutung gibt, Tiefe, Dringlichkeit. Sie hat mir gezeigt, wie man im Moment lebt, wie man die kleinen Freuden schätzt, wie man Verbindungen knüpft, die über den Tod hinaus Bestand haben."

Sven spürte, wie ihm Tränen in die Augen stiegen, aber er ließ sie fließen, schämte sich ihrer nicht. "Vor ein paar Tagen haben wir gemeinsam ihre Lebensstatistik erstellt. Wir haben berechnet, wie oft sie gelacht hat, wie viele Menschen sie geliebt hat, wie viele Sonnenaufgänge sie gesehen hat. Es waren beeindruckende Zahlen, ein reiches, erfülltes Leben in Daten und Fakten."

Er lächelte durch seine Tränen. "Aber was diese Zahlen nicht erfassen können, ist die Qualität dieser Momente, die Tiefe dieser Verbindungen, die Intensität dieser Liebe. Frau Huber hat nicht nur lange gelebt – sie hat tief gelebt, bewusst, mit offenen Augen und offenem Herzen."

Sven holte die kleine Mappe hervor, die er mitgebracht hatte – eine Kopie der Lebensstatistik, die er für Frau Huber erstellt hatte. "Ich möchte diese Statistik mit Ihnen teilen, damit Sie Frau Huber so sehen können, wie ich sie kennengelernt habe – nicht als eine alte Frau am Ende ihres Lebens, sondern als eine Abenteurerin, eine Liebende, eine Lachende, eine Lebende."

Er reichte die Mappe an Frau Hubers Nichte weiter, die sie mit tränenfeuchten Augen entgegennahm. Dann trat Sven zurück und legte seine Lilien auf den Sarg, der nun fast vollständig mit Blumen bedeckt war.

"Auf Wiedersehen, Frau Huber", flüsterte er. "Danke für alles."

Die Nachfeier

Nach der Beerdigung versammelten sich die Trauergäste in einem kleinen Café in der Nähe des Friedhofs. Die anfängliche Stille und Trauer wich langsam einer wärmeren, lebendigeren Atmosphäre, als die Menschen begannen, weitere Geschichten zu teilen, zu lachen, sich zu erinnern.

Sven saß etwas abseits und beobachtete die Szene. Es tröstete ihn seltsam zu sehen, wie Frau Huber in den Erinnerungen und Geschichten der Menschen weiterlebte, wie ihr Geist, ihre Persönlichkeit, ihre Weisheit durch die Verbindungen, die sie geknüpft hatte, fortbestand.

Sophie setzte sich neben ihn und reichte ihm eine Tasse Kaffee. "Das war eine schöne Rede", sagte sie anerkennend. "Frau Huber wäre stolz auf dich gewesen."

Sven lächelte dankbar. "Ich hoffe es. Ich wollte ihr gerecht werden, ihrer... Besonderheit."

"Das hast du", versicherte Sophie. "Und weißt du was? Ich glaube, sie ist hier, irgendwie. Nicht als Geist oder so etwas, sondern in den Geschichten, die wir erzählen, in den Lektionen, die wir von ihr gelernt haben, in den Leben, die sie berührt hat."

Sven nickte nachdenklich. "Ja, das glaube ich auch. Es ist, als hätte sie Samen gepflanzt – Ideen, Werte, Perspektiven – die in uns weiterwachsen."

"Genau", stimmte Sophie zu. "Und so lebt sie weiter, auf eine Weise."

Der Weg nach vorn

Sie saßen eine Weile schweigend nebeneinander und beobachteten die anderen Gäste. Dann fragte Sophie: "Was wirst du jetzt tun, Ben?"

Er dachte nach. "Weitermachen, denke ich. Mit meiner Liste, mit dem Freiwilligendienst im Hospiz, mit dem Tanzunterricht." Er lächelte bei dem Gedanken an seine letzte Tanzstunde, bei der er zum ersten Mal einen Walzer ohne Stolpern geschafft hatte. "Und ich überlege, eine längere Reise zu machen. Nach Indien, wie Frau Huber es vorgeschlagen hat."

"Das klingt wunderbar", sagte Sophie warm. "Frau Huber wäre begeistert."

"Ja", nickte Ben. "Ich denke, das wäre sie."

Nach und nach verabschiedeten sich die Gäste, bis nur noch Sven und Sophie übrig waren. Sie halfen dem Café-Personal beim Aufräumen, bedankten sich und machten sich dann gemeinsam auf den Weg.

"Kommst du morgen ins Hospiz?", fragte Sophie, als sie an einer Straßenkreuzung ankamen.

"Ja", bestätigte Ben. "Wie immer."

Sophie lächelte. "Gut. Die Bewohner fragen schon nach dir. Du hast einen Eindruck hinterlassen."

Sven spürte, wie Wärme in ihm aufstieg. Es fühlte sich gut an zu wissen, dass er gebraucht wurde, dass er einen Unterschied machte, so klein er auch sein mochte.

Die Tagebuchnotiz

Zu Hause angekommen, setzte er sich an seinen Schreibtisch und öffnete sein Tagebuch. Er blätterte durch die Seiten, las Einträge aus den letzten Wochen – seine Ängste, seine Erkenntnisse, seine kleinen und großen Siege.

Dann schlug er eine neue Seite auf und schrieb:

"Heute habe ich Abschied genommen von einer bemerkenswerten Frau, einer Freundin, einer Mentorin. Der Schmerz ist da, aber er überwältigt mich nicht. Er gehört zum Leben, zum Lieben, zum Verbundensein.

Frau Huber hat mir so viel gegeben – Weisheit, Perspektive, Mut. Aber vielleicht das Wichtigste war ihre Fähigkeit, im Angesicht des Todes das Leben zu feiern, in der Dunkelheit das Licht zu sehen, in der Endlichkeit die Schönheit zu erkennen.

Ich werde sie vermissen, jeden Tag. Aber ich werde auch versuchen, ihr Vermächtnis weiterzutragen – nicht nur in Worten, sondern in Taten, in der Art, wie ich lebe, wie ich liebe, wie ich mich verbinde.

Der Abschied ist nicht das Ende. Er ist ein Übergang, eine Verwandlung, ein neues Kapitel. Für Frau Huber, die nun auf eine Weise existiert, die ich nicht verstehen kann. Und für mich, der ich weiterlebe, weiterwachse, weiterliebe.

Danke, Frau Huber. Für alles. Ruhe in Frieden. Oder besser: Tanze in Freude, wo immer du jetzt bist."

Er schloss das Tagebuch und lehnte sich zurück. Draußen war es dunkel geworden, und die Sterne funkelten am klaren Nachthimmel. Sven stand auf, ging zum Fenster und blickte hinauf.

War Frau Huber dort irgendwo? Als Energie, als Bewusstsein, als Seele? Oder war sie einfach... weg, aufgelöst in das große Nichts?

Er wusste es nicht. Niemand wusste es mit Sicherheit. Und zum ersten Mal seit langem störte ihn das nicht mehr. Die Ungewissheit ängstigte ihn nicht mehr, sondern... interessierte ihn. Ein Mysterium, ein Wunder, ein Teil des großen Abenteuers, das Leben hieß.

Sven öffnete das Fenster und ließ die kühle Nachtluft herein. Er atmete tief ein, spürte, wie sie seine Lungen füllte, seinen Körper belebte. Er war hier, jetzt, lebendig. Und das genügte.

Die Krise

Die Wochen nach Frau Hubers Beerdigung vergingen in einem seltsamen Rhythmus aus Routine und Veränderung. Sven arbeitete weiter als Freiwilliger im Hospiz, nahm seine Tanzstunden, besuchte Dr. Berger und setzte langsam, aber stetig die Punkte auf seiner Liste um.

Er hatte begonnen, seine Reise nach Indien zu planen – ein zweiwöchiger Trip, der ihn nach Delhi, Varanasi, Agra und Jaipur führen würde. Die Vorbereitungen machten ihm Freude, das Studieren von Reiseführern, das Buchen von Flügen und Hotels, das Zusammenstellen einer Packliste. Es gab ihm ein Ziel, etwas, worauf er sich freuen konnte.

Auch seine Arbeit hatte sich verändert. Er hatte mit seinem Chef gesprochen und eine Teilzeitstelle beantragt, um mehr Zeit für seine Freiwilligenarbeit und andere Projekte zu haben. Zu seiner Überraschung hatte sein Chef zugestimmt, sogar mit einer gewissen Bewunderung für Bens neue Prioritäten.

Alles schien in Ordnung zu sein, besser als in Ordnung sogar. Die lähmende Angst, die ihn so lange begleitet hatte, war zu einem fernen Echo geworden, einer leisen Stimme am Rande seines Bewusstseins, die er zwar noch hörte, aber die ihn nicht mehr beherrschte.

Und doch... etwas fehlte. Eine Leere hatte sich in ihm ausgebreitet, ein Gefühl der Orientierungslosigkeit, das er nicht ganz einordnen konnte. Es war, als hätte er ein Ziel erreicht, nur um festzustellen, dass er nicht wusste, wohin er als Nächstes gehen sollte.

An einem regnerischen Sonntagmorgen, etwa zwei Monate nach Frau Hubers Tod, saß Sven am Küchentisch und starrte in seine Kaffeetasse. Der Regen trommelte gegen die Fensterscheiben, und das graue Licht tauchte die Küche in ein trübes Zwielicht.

"Du siehst aus, als hättest du die Weltformel verloren", bemerkte sein Kühlschrank in seiner Vorstellung.

Sven seufzte. "Ich weiß nicht, was mit mir los ist. Alles läuft gut. Ich habe keine Panikattacken mehr, ich schlafe besser, ich habe neue Freunde, neue Interessen. Und trotzdem fühle ich mich... leer."

"Leer?", fragte der Kühlschrank. "Oder frei?"

Sven runzelte die Stirn. "Was meinst du damit?"

"Nun", erklärte der Kühlschrank, "du hast dich von deiner Angst befreit, von den alten Mustern, den alten Überzeugungen. Das ist gut. Aber jetzt stehst du vor einem leeren Raum,

248

den du füllen musst. Mit neuen Ideen, neuen Werten, neuen Zielen."

Sven dachte darüber nach. Es stimmte, er hatte viel losgelassen in den letzten Monaten – nicht nur seine Angst vor dem Tod, sondern auch seine starre Routine, seine Isolation, seine Kontrollbedürftigkeit. Er hatte Platz geschaffen, aber womit sollte er ihn füllen?

"Ich vermisse Frau Huber", sagte er leise. "Sie hätte gewusst, was zu tun ist."

"Vielleicht", erwiderte der Kühlschrank. "Oder vielleicht hätte sie dir gesagt, dass du es selbst herausfinden musst."

Der Spaziergang

Sven lächelte schwach. Das klang tatsächlich nach etwas, das Frau Huber sagen würde. Sie hatte ihm nie fertige Antworten gegeben, sondern immer nur Hinweise, Anregungen, Fragen, die ihn zum Nachdenken brachten.

Er stand auf, goss sich eine zweite Tasse Kaffee ein und ging zum Fenster. Der Regen hatte nachgelassen, und ein schwacher Sonnenstrahl brach durch die Wolken. In der Pfütze auf dem Gehweg spiegelte sich ein Stück blauer Himmel.

Vielleicht war das die Antwort. Nicht nach einem großen Plan suchen, nicht nach einer ultimativen Wahrheit, sondern nach den kleinen Spiegelungen des Himmels in den Pfützen des Alltags. Nach den Momenten der Verbundenheit, der Freude, des Sinns, die überall zu finden waren, wenn man nur genau hinsah.

Sven beschloss, einen Spaziergang zu machen, trotz des Regens. Er zog sich eine Jacke an, schnappte sich einen Regenschirm und verließ die Wohnung.

Die Straßen waren fast menschenleer, die meisten zogen es vor, den Sonntag drinnen zu verbringen. Sven genoss die Stille, das Gefühl, die Stadt für sich zu haben. Er ging ziellos, ließ sich treiben, bog ab, wo es ihn hinzog.

Nach einer Weile fand er sich vor einer kleinen Kirche wieder. Die Tür stand offen, und aus dem Inneren drang leise Orgelmusik. Ohne recht zu wissen warum, trat Sven ein.

Der Moment der Verbundenheit

Die Kirche war fast leer, nur ein paar ältere Menschen saßen in den hinteren Bänken. Sven setzte sich in eine der mittleren Reihen und ließ den Raum auf sich wirken – die hohe Decke, die bunten Glasfenster, durch die das spärliche Sonnenlicht in farbigen Mustern fiel, die sanfte Musik, die den Raum füllte.

Er war nicht religiös, hatte nie viel für organisierte Religion übrig gehabt. Aber in diesem Moment spürte er etwas – eine Ruhe, eine Präsenz, ein Gefühl der Verbundenheit mit etwas Größerem als er selbst.

War das Gott? Der Geist? Das Universum? Die kollektive menschliche Erfahrung, kristallisiert in Jahrhunderten von Ritual und Glaube? Sven wusste es nicht, und zum ersten Mal war es ihm nicht wichtig, es zu wissen. Es genügte, es zu fühlen, es zu erleben, es zu sein.

Er schloss die Augen und ließ die Musik durch sich hindurchfließen. Bilder tauchten auf in seinem Geist – Frau Huber, die ihm zulächelte; Dr. Neufeld, der über das Bewusstsein sprach; Tenzin, der meditierte; Sophie, die einem sterbenden Mann die Hand hielt; seine Mutter, die ihm als Kind Geschichten vorlas; sein Vater, der ihm beibrachte, Fahrrad zu fahren.

All diese Menschen, all diese Momente, all diese Verbindungen – sie waren Teil von ihm, hatten ihn geformt, hatten ihn zu dem gemacht, der er war. Und plötzlich verstand Ben, dass er nie wirklich allein war, nie wirklich isoliert. Er war Teil eines Netzes aus Beziehungen, aus Geschichten, aus geteilten Erfahrungen, das sich über Zeit und Raum erstreckte.

Die Erkenntnis traf ihn mit solcher Wucht, dass ihm die Tränen kamen. Er weinte leise, nicht aus Trauer, sondern aus Überwältigung, aus Dankbarkeit, aus einem tiefen Gefühl des Angekommenseins.

Die Kinder im Park

Als die Musik endete und Sven die Augen öffnete, bemerkte er, dass die Kirche sich gefüllt hatte. Der Gottesdienst würde bald beginnen. Er stand auf, nickte dem Organisten dankbar zu und verließ die Kirche.

Draußen hatte der Regen aufgehört, und die Sonne brach durch die Wolken. Die Straßen glänzten nass, und die Luft roch frisch und klar. Sven atmete tief ein und spürte, wie die Leere in ihm sich zu füllen begann – nicht mit Antworten oder Gewissheiten, sondern mit Möglichkeiten, mit Offenheit, mit Leben.

Er ging weiter, ohne Ziel, einfach dem Gefühl folgend, das ihn leitete. Nach einer Weile kam er an einem kleinen Park vorbei, in dem Kinder spielten, trotz der nassen Bänke und Pfützen auf den Wegen. Ihr Lachen hallte durch die Luft, unbeschwert, frei, voller Freude am Moment.

Sven setzte sich auf eine Bank und beobachtete sie. Ein kleines Mädchen, vielleicht vier oder fünf Jahre alt, hüpfte von Pfütze zu Pfütze, jauchzend bei jedem Spritzer. Ein Junge baute eine komplizierte Konstruktion aus Stöcken und Steinen. Zwei ältere Kinder spielten Fangen, ihre Rufe und ihr Lachen erfüllten den Park.

Sie machten sich keine Gedanken über den Tod, über die Vergänglichkeit, über den Sinn des Lebens. Sie lebten einfach, im Hier und Jetzt, mit voller Intensität, voller Neugier, voller Freude.

War das die Antwort? Nicht in komplizierten Philosophien oder religiösen Lehren zu suchen, sondern in der einfachen, direkten Erfahrung des Lebens? In der Fähigkeit, sich zu wundern, zu staunen, zu spielen, zu lieben?

Die Entdeckung des Schreibens

Als er nach Hause kam, war es bereits Nachmittag. Er fühlte sich seltsam energiegeladen, trotz des langen Spaziergangs. Eine Idee hatte begonnen, in ihm zu keimen, ein Gedanke, der immer klarer wurde, je mehr er darüber nachdachte.

Er setzte sich an seinen Schreibtisch, holte ein frisches Notizbuch hervor und begann zu schreiben. Nicht sein übliches Tagebuch, nicht seine Ängste und Gedanken, sondern etwas Neues – eine Geschichte. Die Geschichte eines Mannes, der lernte, mit seiner Angst vor dem Tod zu leben, der durch diese Angst hindurch zu einer tieferen Erfahrung des Lebens fand.

Die Worte flossen aus ihm heraus, als hätten sie nur darauf gewartet, freigelassen zu werden. Er schrieb und schrieb, vergaß die Zeit, vergaß zu essen, vergaß alles außer der Geschichte, die sich unter seinen Händen entfaltete.

Als er schließlich aufblickte, war es dunkel geworden. Sein Handgelenk schmerzte vom vielen Schreiben, und sein Magen knurrte laut. Aber er fühlte sich... lebendig. Mehr als lebendig – er fühlte sich erfüllt, als hätte er etwas gefunden, das er nicht einmal gewusst hatte zu suchen.

Er stand auf, streckte sich und ging in die Küche, um sich etwas zu essen zu machen. Während er eine einfache Mahlzeit zubereitete, dachte er über das nach, was er geschrieben hatte. Es war noch roh, unfertig, aber es hatte Potenzial. Es könnte anderen helfen, die mit ähnlichen Ängsten kämpften, die nach Antworten suchten, die sich allein fühlten mit ihren existenziellen Fragen.

"Siehst du?", sagte sein Kühlschrank, als Sven die Tür öffnete, um Milch herauszuholen. "Du hast den leeren Raum gefüllt."

Sven lächelte. "Ja, das habe ich wohl."

"Mit etwas, das größer ist als du selbst", fuhr der Kühlschrank fort. "Etwas, das über dich hinausreicht, das andere berühren könnte."

In dieser Nacht träumte er von Frau Huber. Sie saßen zusammen auf einer Bank am Ganges, beobachteten den Sonnenaufgang über dem heiligen Fluss. Menschen badeten im Wasser, beteten, setzten kleine Lichter auf Blättern aus, die langsam davontrieben.

"Du hast es verstanden", sagte Frau Huber in seinem Traum, ihr Gesicht von der aufgehenden Sonne vergoldet.

"Was habe ich verstanden?", fragte Ben.

"Dass es nicht darum geht, den Tod zu besiegen oder zu verstehen", antwortete sie. "Es geht darum, das Leben zu umarmen, mit allem, was dazugehört. Die Freude und den Schmerz, die Gewissheit und den Zweifel, die Verbundenheit und die Einsamkeit."

Sven nickte. "Ja, das habe ich verstanden."

"Und jetzt?", fragte Frau Huber mit einem schelmischen Lächeln.

"Jetzt lebe ich", antwortete Sven einfach. "Ich lebe, so gut ich kann, so tief ich kann, so wahr ich kann."

Frau Huber lächelte zufrieden und legte ihre Hand auf seine. "Das ist alles, was je von uns verlangt wurde."

Sie saßen schweigend nebeneinander, während die Sonne höher stieg und der Tag begann. Es war ein friedlicher Moment, ein vollkommener Moment, ein Moment der Verbundenheit über Zeit und Raum hinweg.

Als Sven am nächsten Morgen erwachte, trug er das Gefühl dieses Moments noch in sich – die Ruhe, die Klarheit, die Gewissheit. Die Krise, die ihn erfasst hatte, war vorüber. Nicht weil er alle Antworten gefunden hatte, sondern weil er verstanden hatte, dass es nicht um Antworten ging, sondern um Fragen, um Suchen, um Wachsen.

Er stand auf, machte sich einen Kaffee und setzte sich wieder an seinen Schreibtisch. Das Notizbuch lag dort, wo er es am Abend zuvor gelassen hatte, voller Worte, voller Geschichten, voller Leben.

Sven öffnete es und begann zu schreiben, setzte die Geschichte fort, seine Geschichte, die Geschichte aller Menschen, die je mit der Endlichkeit gerungen hatten, die je nach Sinn gesucht hatten, die je geliebt und verloren und wieder geliebt hatten.

Das Leben ist jetzt

Ein Jahr war vergangen seit dem Tag, an dem ein Joghurtbecher auf Bens Fuß gefallen war und eine Kette von Ereignissen ausgelöst hatte, die sein Leben für immer verändert hatten. Ein Jahr voller Entdeckungen, Begegnungen, Verluste und Gewinne. Ein Jahr des Wachstums, der Veränderung, des Lernens.

Sven saß auf der Terrasse eines kleinen Cafés am Ganges und beobachtete den Sonnenaufgang über dem heiligen Fluss. Das goldene Licht tanzte auf dem Wasser, genau wie Frau Huber es beschrieben hatte. Menschen badeten im Fluss, vollzogen ihre Rituale, beteten, meditierten. Die Luft vibrierte von Düften – Weihrauch, Gewürze, Blumen – und von Klängen – Gebete, Gesänge, das sanfte Plätschern des Wassers.

Es war der letzte Tag seiner dreiwöchigen Reise durch Indien, eine Reise, die er lange geplant und auf die er sich monatelang gefreut hatte. Er hatte Delhi erkundet mit seinen geschäftigen Straßen und historischen Monumenten, hatte den Taj Mahal in Agra bestaunt, war durch die rosa Stadt Jaipur gewandert und hatte schließlich hier in Varanasi, der ältesten bewohnten Stadt der Welt, seine Reise beendet.

Die Reiseerfahrung

Die Reise hatte ihn überwältigt, bereichert und verändert. Die Farben, die Gerüche, die Geräusche, die Menschen – alles pulsierte so anders als zu Hause, so lebendig, so unmittelbar. Sven hatte jede Minute davon aufgesogen, hatte Hunderte von Fotos gemacht, hatte in sein Reisetagebuch geschrieben, hatte mit Einheimischen und anderen Reisenden gesprochen.

Und überall, an jedem Ort, hatte er Frau Huber gespürt – nicht als Geist oder übernatürliche Präsenz, sondern als Erinnerung, als Inspiration, als Begleiterin auf seiner Reise. Er hatte die Orte besucht, von denen sie ihm erzählt hatte, hatte die Dinge getan, die sie ihm empfohlen hatte, hatte versucht, die Welt durch ihre Augen zu sehen.

Jetzt, am Ende seiner Reise, fühlte er eine tiefe Zufriedenheit, ein Gefühl des Angekommenseins, nicht nur an einem physischen Ort, sondern auch in sich selbst. Die Reise hatte ihm geholfen, einen weiteren Schritt auf seinem Weg zu machen, einen weiteren Teil des Puzzles seines Lebens zu finden.

Der Kellner brachte ihm eine Tasse Chai, und Sven bedankte sich mit einem Lächeln und einem "Dhanyavaad" – eines der wenigen Hindi-Worte, die er gelernt hatte. Der Tee schmeckte süß und würzig, wärmte ihn von innen, während die aufgehende Sonne ihn von außen wärmte.

Sven holte sein Notizbuch hervor und schlug es auf. Es war nicht sein Reisetagebuch, sondern das Buch, in dem er an seiner Geschichte schrieb – der Geschichte eines Mannes, der lernte, mit seiner Angst vor dem Tod zu leben und durch diese Angst hindurch zu einer tieferen Erfahrung des Lebens zu finden.

Er hatte in den letzten Monaten regelmäßig daran gearbeitet, hatte die Geschichte wachsen und sich entwickeln lassen, hatte Charaktere erschaffen, Szenen ausgemalt, Dialoge geschrieben. Es nahm Gestalt an, wurde klarer, tiefer, wahrhaftiger.

Sven las die letzten Seiten, die er geschrieben hatte, und fügte dann neue hinzu, inspiriert von seiner Reise, von den Menschen, die er getroffen hatte, von den Orten, die er gesehen hatte, von den Erfahrungen, die er gemacht hatte.

Er schrieb über einen Sadhu, einen heiligen Mann, den er am Ufer des Ganges getroffen hatte – mit aschegrauem Gesicht, verfilzten Haaren und einem Lächeln, das strahlender war als die Sonne. Der Mann hatte kaum etwas besessen, nur eine Schale für Almosen, eine dünne Decke und die Kleidung an seinem Leib. Und doch hatte er eine Ruhe, eine Zufriedenheit, eine Freude ausgestrahlt, die Sven tief berührt hatte.

"Alles, was wir brauchen, ist hier", hatte der Sadhu gesagt und auf sein Herz gedeutet. "Alles andere ist Illusion."

Sven hatte lange über diese Worte nachgedacht. War es wirklich so einfach? War alles, was wir brauchten, bereits in uns? Die Liebe, die Freude, der Frieden, die Weisheit?

Er wusste es nicht mit Sicherheit. Aber er begann zu verstehen, dass das Glück, die Erfüllung, der Sinn nicht in äußeren Dingen zu finden waren – nicht in Besitz, nicht in Status, nicht in Anerkennung. Sie waren zu finden in der Art, wie wir lebten, wie wir liebten, wie wir uns verbanden.

Das veränderte Leben

Sven schrieb, bis seine Hand schmerzte und die Sonne hoch am Himmel stand. Dann schloss er sein Notizbuch, trank den letzten Schluck seines inzwischen kalten Chais und machte sich auf den Weg zurück zu seinem Hotel.

Er würde heute Abend abreisen, zurück nach Deutschland fliegen, zurück in sein Leben – ein Leben, das sich so sehr verändert hatte in diesem einen Jahr. Er arbeitete jetzt nur noch drei Tage die Woche als Statistiker, verbrachte den Rest seiner Zeit als Freiwilliger im Hospiz, als Schriftsteller, als Mensch, der versuchte, bewusst zu leben, tief zu leben, wahr zu leben.

Er hatte neue Freunde gefunden, neue Interessen entwickelt, neue Perspektiven gewonnen. Er hatte gelernt zu tanzen – nicht nur mit den Füßen, sondern mit der Seele, wie Frau Huber es gewollt hatte. Er hatte gelernt, unter dem Sternenhimmel zu schlafen, einem Obdachlosen nicht nur Geld zu geben, sondern zuzuhören, einen Baum zu pflanzen und zu pflegen.

Und er hatte gelernt, "Ich liebe dich" zu sagen – zu Sophie, mit der er seit einigen Monaten eine tiefe, wachsende Beziehung hatte. Eine Beziehung, die ihn überrascht hatte, die er nicht gesucht oder erwartet hatte, die aber zu einem der wertvollsten Teile seines Lebens geworden war.

Sven packte seine Sachen, checkte aus dem Hotel aus und nahm ein Tuk-Tuk zum Flughafen. Während der Fahrt durch die geschäftigen Straßen von Varanasi ließ er die Eindrücke seiner Reise noch einmal Revue passieren – die Farben, die Gerüche, die Geräusche, die Menschen, die Momente.

Er würde zurückkehren, das wusste er. Nicht nur nach Indien, sondern auch an andere Orte, die er noch nie gesehen hatte. Die Welt war groß und voller Wunder, und er hatte gerade erst begonnen, sie zu erkunden.

Am Flughafen angekommen, checkte er ein, ging durch die Sicherheitskontrolle und fand seinen Gate. Er hatte noch etwas Zeit bis zum Boarding und setzte sich in ein Café, bestellte einen Kaffee und holte sein Handy heraus.

Er hatte es während seiner Reise kaum benutzt, hatte bewusst Abstand genommen von der digitalen Welt, um sich ganz auf die reale Welt einzulassen. Jetzt schaltete er es ein und sah, dass er mehrere Nachrichten hatte – von Sophie, von seinen Eltern, von Freunden, die wissen wollten, wie es ihm ging.

Er antwortete ihnen allen, teilte ein paar Fotos, versprach, bald ausführlicher zu berichten. Dann rief er Sophie an.

"Ben!", ihre Stimme klang warm und freudig, auch über die große Entfernung hinweg. "Wie schön, dich zu hören! Wie geht es dir?"

"Gut", antwortete er lächelnd. "Sehr gut sogar. Ich bin am Flughafen, fliege heute Abend zurück."

"Ich kann es kaum erwarten, dich zu sehen", sagte Sophie. "Das Hospiz ist nicht dasselbe ohne dich."

"Ich vermisse euch auch", gestand Ben. "Dich besonders."

Die Rückkehr

Der Flug war lang, aber Sven nutzte die Zeit, um zu lesen, zu schreiben, zu reflektieren. Er dachte über das vergangene Jahr nach, über die Veränderungen, die er durchgemacht hatte, über die Lektionen, die er gelernt hatte, über die Menschen, die er getroffen hatte.

Er dachte an den Joghurtbecher, der alles ins Rollen gebracht hatte. Ein so kleines, banales Ereignis, und doch hatte es sein Leben für immer verändert. Es hatte ihn auf eine Reise geschickt – eine Reise der Selbstentdeckung, der Heilung, des Wachstums.

Und diese Reise war noch nicht zu Ende. Sie würde nie zu Ende sein, solange er lebte. Es würde immer mehr zu lernen geben, mehr zu erfahren, mehr zu lieben, mehr zu sein.

Als das Flugzeug schließlich in Deutschland landete, war es früher Morgen. Sven holte sein Gepäck, ging durch den Zoll und trat hinaus in die kühle Morgenluft. Sophie hatte angeboten, ihn abzuholen, aber er hatte abgelehnt, wollte ihr nicht zumuten, so früh aufzustehen.

Stattdessen nahm er ein Taxi nach Hause, duschte, zog frische Kleidung an und machte sich dann auf den Weg ins Hospiz. Er wusste, dass Sophie dort sein würde, und er konnte es kaum erwarten, sie zu sehen.

262

Das "Haus des Lächelns" begrüßte ihn wie einen alten Freund. Die vertrauten Gänge, die freundlichen Gesichter, die warme Atmosphäre – es fühlte sich an wie ein zweites Zuhause.

Sophie war an der Rezeption, als er eintrat, und ihr Gesicht erhellte sich, als sie ihn sah. Sie eilte auf ihn zu und umarmte ihn fest.

"Willkommen zurück", sagte sie, ihre Stimme voller Wärme und Zuneigung.

"Es ist gut, wieder hier zu sein", erwiderte Sven und meinte es so. So schön seine Reise auch gewesen war, so sehr er die neuen Erfahrungen, die neuen Orte, die neuen Menschen genossen hatte – hier war sein Platz, hier gehörte er hin, hier war er zu Hause.

Das Leben im Jetzt

Später am Abend, als Sophie gegangen war und Sven allein in seiner Wohnung war, ging er zum Fenster und blickte hinaus auf die Stadt, die in der Dunkelheit funkelte. Er dachte an all die Menschen dort draußen, all die Leben, all die Geschichten, all die Verbindungen.

Er dachte an Frau Huber und ihre Weisheit, an Dr. Neufeld und seine wissenschaftlichen Erklärungen, an Tenzin und seine spirituellen Einsichten, an Sophie und ihre praktische Fürsorge, an all die Menschen, die sein Leben berührt und bereichert hatten.

Er dachte an den Tod, der immer noch da war, immer noch wartete, immer noch unvermeidlich war. Aber er dachte auch an das Leben, das jetzt war, das hier war, das in jedem Moment neu begann.

Die Angst war nicht verschwunden. Sie würde nie ganz verschwinden, das wusste Sven jetzt. Sie gehörte zum Menschsein, zum Leben, zur Liebe. Aber sie beherrschte ihn nicht mehr, lähmte ihn nicht mehr, definierte ihn nicht mehr.

Er hatte gelernt, mit ihr zu leben, sie zu akzeptieren, sie sogar zu schätzen als Erinnerung an die Kostbarkeit, die Einzigartigkeit, die Unwiederholbarkeit jedes Moments.

Sven ging zu seinem Schreibtisch und öffnete sein Notizbuch. Er las die letzten Seiten, die er in Indien geschrieben hatte, und fügte dann neue hinzu, inspiriert von seiner Heimkehr, von seinem Tag im Hospiz, von seinem Abend mit Sophie.

Er schrieb über das Gefühl des Ankommens, des Zuhauseseins, des Im-Moment-Seins. Er schrieb über die Dankbarkeit, die er empfand, die Liebe, die er fühlte, die Hoffnung, die er hegte.

Das Leben war jetzt. Nicht gestern, nicht morgen, sondern jetzt. In diesem Moment, in diesem Atemzug, in diesem Herzschlag. Und Sven war entschlossen, es zu leben – voll und ganz, mit offenen Augen und offenem Herzen, mit all seinen Höhen und Tiefen, seiner Freude und seinem Schmerz, seiner Gewissheit und seinem Zweifel.

Das letzte Lächeln

Fünf Jahre waren vergangen seit dem Tag, an dem ein Joghurtbecher auf Bens Fuß gefallen war und sein Leben für immer verändert hatte. Fünf Jahre voller Leben, Liebe, Lachen, Lernen. Fünf Jahre, in denen er gewachsen war, sich verändert hatte, zu dem Menschen geworden war, der er immer hatte sein wollen, ohne es zu wissen.

Sven saß an seinem Schreibtisch und betrachtete das Buch, das vor ihm lag. Sein Buch. "Das letzte Lächeln" stand in goldenen Lettern auf dem dunkelgrünen Einband, und darunter sein Name. Es war noch immer surreal, sein Werk gedruckt und gebunden zu sehen, ein echter, physischer Gegenstand, den andere Menschen lesen, berühren, erleben konnten.

Die Geschichte, die er vor Jahren zu schreiben begonnen hatte – die Geschichte eines Mannes, der lernte, mit seiner Angst vor dem Tod zu leben und durch diese Angst hindurch zu einer tieferen Erfahrung des Lebens zu finden – war gewachsen, hatte sich entwickelt, war gereift. Wie er selbst.

Es hatte lange gedauert, bis er den Mut gefunden hatte, das Manuskript an Verlage zu schicken. Und es hatte noch länger gedauert, bis ein kleiner, aber feiner Verlag Interesse gezeigt hatte. Aber jetzt war es da, sein Buch, seine Geschichte, sein Vermächtnis.

Die Kritiken waren gemischt, aber überwiegend positiv. "Eine tiefgründige, berührende Auseinandersetzung mit der Endlichkeit", hatte eine Rezensentin geschrieben. "Humorvoll und herzzerreißend zugleich", ein anderer. "Ein Buch, das man mit einem Lächeln und einer Träne beendet", ein dritter.

Aber die Reaktionen, die Sven am meisten bedeuteten, waren die persönlichen Nachrichten von Lesern, die ihm schrieben, wie sehr sein Buch sie berührt, getröstet, inspiriert hatte. Menschen, die mit ihrer eigenen Angst vor dem Tod kämpften, die einen geliebten Menschen verloren hatten, die nach Sinn und Bedeutung in einer scheinbar sinnlosen Welt suchten.

Ein Brief lag offen auf seinem Schreibtisch, neben dem Buch. Er war von einer Frau namens Maria, die schrieb, wie Bens Buch ihr geholfen hatte, mit dem Tod ihres Mannes umzugehen, wie es ihr eine neue Perspektive gegeben hatte, wie es ihr erlaubt hatte, wieder zu lachen, zu lieben, zu leben.

"Ihr Buch hat mir gezeigt, dass der Tod nicht das Ende der Liebe ist", hatte sie geschrieben. "Dass die Verbindungen, die wir knüpfen, die Liebe, die wir teilen, über den Tod hinaus Bestand haben. Dass wir weiterleben in den Herzen derer, die wir berührt haben, in den Leben, die wir beeinflusst haben, in den Geschichten, die wir hinterlassen haben."

Sven war gerührt von ihren Worten, dankbar, dass seine Geschichte einen solchen Unterschied machen konnte. Es war mehr, als er je zu hoffen gewagt hatte, als er mit dem Schreiben begonnen hatte – damals, in jener Nacht nach seinem Besuch in der Kirche, als er zum ersten Mal gespürt hatte, dass er etwas zu sagen hatte, etwas zu teilen, etwas zu geben.

Er legte den Brief beiseite und stand auf. Es war Zeit, sich fertig zu machen. Heute war ein besonderer Tag, ein Tag der Feier, der Erinnerung, der Dankbarkeit.

Sven zog den dunklen Anzug an, den er für besondere Anlässe aufbewahrte, band seine Krawatte – er war besser darin geworden mit der Zeit – und steckte eine weiße Lilie ins Knopfloch. Frau Hubers Lieblingsblume.

Heute war der fünfte Jahrestag ihres Todes, und wie jedes Jahr würde Sven zum Friedhof gehen, um ihr Grab zu besuchen, um mit ihr zu "sprechen", um ihr zu erzählen, was in seinem Leben passiert war, was er gelernt hatte, wie er gewachsen war.

Es war ein Ritual geworden, ein wichtiger Teil seines Lebens, eine Verbindung zu der Frau, die so viel für ihn getan hatte, die ihm so viel gegeben hatte, die ihn so tief berührt hatte.

Bevor er ging, warf Sven einen Blick auf das Foto auf seinem Schreibtisch – ein Bild von ihm und Sophie an ihrem Hochzeitstag vor zwei Jahren. Sie standen unter einem Kirschbaum in voller Blüte, lachend, glücklich, verliebt. Es war ein perfekter Tag gewesen, umgeben von Freunden und Familie, voller Freude und Hoffnung und Liebe.

Sophie war schwanger, im siebten Monat. Ein Mädchen, hatten die Ärzte gesagt. Sie wollten sie Cäcilia nennen, nach Frau Huber. Eine kleine Hommage an die Frau, die indirekt dafür gesorgt hatte, dass sie sich gefunden hatten.

Der Friedhofsbesuch

Der Friedhof war ruhig, friedlich, fast leer. Sven ging den vertrauten Weg zu Frau Hubers Grab, ein einfacher Stein mit ihrem Namen, ihren Lebensdaten und einem Zitat, das Sophie ausgesucht hatte: "Das Leben wird nur rückwärts verstanden, aber es muss vorwärts gelebt werden."

Sven legte die Lilie auf das Grab und setzte sich auf die kleine Bank daneben. Er kam oft hierher, nicht nur an Jahrestagen, sondern wann immer er das Bedürfnis verspürte, mit Frau Huber zu "sprechen", ihre Weisheit zu suchen, ihre Präsenz zu spüren.

"Hallo, Frau Huber", sagte er leise. "Es ist wieder ein Jahr vergangen. Ein gutes Jahr, ein volles Jahr, ein Jahr des Wachstums und der Veränderung."

Er erzählte ihr von seinem Buch, von den Reaktionen der Leser, von den Briefen, die er bekommen hatte. Er erzählte ihr von Sophie, von ihrer Schwangerschaft, von ihrer Entscheidung, das Kind nach ihr zu benennen. Er erzählte ihr von seiner Arbeit im Hospiz, von den Menschen, die er kennengelernt hatte, von den Geschichten, die er gehört hatte, von den Leben, die er berührt hatte.

"Ich versuche, Ihr Vermächtnis weiterzutragen", sagte er. "Die Lektionen, die Sie mir beigebracht haben, die Weisheit, die Sie geteilt haben, die Liebe, die Sie gegeben haben. Ich versuche, sie weiterzugeben, an andere, die sie brauchen, die danach suchen, die danach hungern."

Er saß eine Weile schweigend da, ließ die Stille, den Frieden, die Präsenz auf sich wirken. Dann stand er auf, berührte sanft den Grabstein und verabschiedete sich.

"Bis zum nächsten Mal, Frau Huber. Ruhen Sie in Frieden. Oder besser: Tanzen Sie in Freude, wo immer Sie jetzt sind."

Im Hospiz

Als er den Friedhof verließ, fühlte Sven eine tiefe Ruhe, eine tiefe Zufriedenheit, ein tiefes Gefühl des Angekommenseins. Die Angst war nicht verschwunden – sie würde nie ganz verschwinden, das wusste er jetzt. Aber sie hatte ihren Platz gefunden, ihren Raum, ihre Bedeutung.

Sie war nicht mehr der Feind, den es zu bekämpfen galt, sondern der Lehrer, den es zu hören galt. Nicht mehr die Dunkelheit, die es zu fürchten galt, sondern der Schatten, der das Licht erst sichtbar machte. Nicht mehr das Ende, das es zu vermeiden galt, sondern der Horizont, der dem Weg Richtung gab.

Sven machte sich auf den Weg zum Hospiz, wo Sophie auf ihn wartete. Sie arbeitete noch immer dort, jetzt als stellvertretende Leiterin, und Sven kam dreimal pro Woche als Freiwilliger. Es war ein wichtiger Teil ihres Lebens geworden, dieser Ort des Übergangs, des Abschieds, des Loslassens.

Aber auch ein Ort der Verbindung, der Liebe, des Lebens. Denn nirgendwo sonst war das Leben so präsent, so intensiv, so unmittelbar wie hier, an der Schwelle zum Tod.

Sophie begrüßte ihn mit einem Kuss und einer Umarmung. Ihr Bauch war groß und rund, und Sven legte sanft eine Hand darauf, spürte, wie das Baby trat, sich bewegte, lebte.

"Wie war es?", fragte Sophie sanft.

"Gut", antwortete Ben. "Friedlich. Ich habe ihr von uns erzählt, von dem Baby, von dem Buch."

Sophie lächelte. "Sie wäre stolz auf dich. Auf uns."

"Ja", nickte Ben. "Das wäre sie."

Der Abend im Park

Sie gingen gemeinsam durch das Hospiz, besuchten die Bewohner, sprachen mit ihnen, hörten ihnen zu. Es war eine Routine, die sie entwickelt hatten, ein Ritual, das ihnen half, präsent zu sein, verbunden zu sein, lebendig zu sein.

Einer der Bewohner, ein älterer Herr namens Herr Schmidt, hatte Bens Buch gelesen und wollte darüber sprechen. Sven setzte sich an sein Bett und hörte zu, wie der Mann seine Gedanken, seine Gefühle, seine Reaktionen teilte.

"Es hat mir geholfen, meinen eigenen Tod anzunehmen", sagte Herr Schmidt mit ruhiger Stimme. "Nicht als Ende, sondern als Teil des Lebens, als Übergang, als Verwandlung."

Sven war gerührt von seinen Worten, dankbar für die Offenheit, die Ehrlichkeit, die Tiefe des Gesprächs. Es war ein Geschenk, ein Privileg, ein Segen, so mit einem Menschen verbunden zu sein, so tief, so wahr, so echt.

Als sie das Hospiz verließen, war es bereits Abend. Die Sonne ging unter, tauchte die Stadt in goldenes Licht, warf lange Schatten auf die Straßen.

"Lass uns zum Park gehen", schlug Sophie vor. "Ein bisschen spazieren, die frische Luft genießen."

Sven nickte, und sie machten sich auf den Weg, Hand in Hand, in angenehmer Stille. Der Park war fast leer, nur ein paar Jogger, ein paar Hundebesitzer, ein paar Paare wie sie.

Sie setzten sich auf eine Bank am Teich und beobachteten, wie die untergehende Sonne das Wasser in flüssiges Gold verwandelte. Ein paar Enten schwammen träge vorbei, auf der Suche nach einem letzten Happen vor der Nacht.

Das letzte Lächeln

"Weißt du", sagte Sophie nach einer Weile, "manchmal denke ich, dass Frau Huber uns zusammengebracht hat. Nicht direkt, natürlich, aber... indirekt. Durch die Veränderungen, die sie in dir bewirkt hat, die dich zu uns ins Hospiz geführt haben, die dich geöffnet haben für... für das Leben, für die Liebe, für mich."

Sven lächelte und drückte ihre Hand. "Ja, das denke ich auch. Sie hat Samen gepflanzt – Ideen, Werte, Perspektiven – die in mir gewachsen sind, die mich verändert haben, die mich zu dem gemacht haben, der ich heute bin."

"Und ich bin dankbar dafür", sagte Sophie sanft. "Für sie, für dich, für uns, für alles, was war und ist und sein wird."

Sven legte einen Arm um sie, zog sie näher, spürte die Wärme ihres Körpers, den Rhythmus ihres Atems, den Schlag ihres Herzens. In diesem Moment, diesem perfekten, friedlichen Moment, fühlte er eine tiefe Verbundenheit – mit Sophie, mit dem ungeborenen Kind in ihrem Bauch, mit Frau Huber, mit allen Menschen, die sein Leben berührt hatten, mit dem Leben selbst in all seiner Fülle und Tiefe.

Die Angst war da, irgendwo am Rande seines Bewusstseins, ein leises Flüstern, ein sanfter Hauch. Aber sie war nicht mehr überwältigend, nicht mehr alles beherrschend, nicht mehr definierend. Sie war einfach da, ein Teil von ihm, ein Teil des Lebens, ein Teil der Liebe.

Denn das hatte Sven gelernt in diesen fünf Jahren: Dass die Angst vor dem Tod im Grunde die Angst vor dem Verlust der Liebe war. Die Angst, die Verbindungen zu verlieren, die uns ausmachen, die uns definieren, die uns Bedeutung geben.

Aber er hatte auch gelernt, dass die Liebe stärker war als der Tod. Dass die Verbindungen, die wir knüpfen, die Liebe, die wir teilen, über den Tod hinaus Bestand haben. Dass wir weiterleben in den Herzen derer, die wir berührt haben, in den Leben, die wir beeinflusst haben, in den Geschichten, die wir hinterlassen haben.

Wie Frau Huber in ihm weiterlebte. In seinen Gedanken, seinen Werten, seinen Handlungen. In dem Buch, das er geschrieben hatte. In dem Kind, das seinen Namen tragen würde.

Die Sonne war fast untergegangen, nur noch ein letzter Streifen Gold am Horizont. Die ersten Sterne erschienen am Himmel, blass und fern, aber stetig und treu.

"Es wird Zeit, nach Hause zu gehen", sagte Sophie sanft.

Sven nickte, stand auf und half ihr auf die Füße. Sie machten sich auf den Weg, langsam, gemächlich, in keiner Eile. Das Leben war jetzt, in diesem Moment, in diesem Atemzug, in diesem Herzschlag. Und sie hatten alle Zeit der Welt.